独占のエスキース

鬼塚ツヤコ
TSUYAKO ONIZUKA

Illustration
みなみ遥

SLASH
B-BOY NOVELS

この物語はフィクションであり、実在の人物・団体・事件等とは、いっさい関係ありません。

CONTENTS

独占のエスキース 5
独占のバースデイ 227
あとがき 268

独占のエスキース

第六設計室のドアが開き、井川悟《いがわさとる》はモニター画面から顔を上げた。学生アルバイトの悟のデスクは末席である出入口のすぐ横にあり、振り仰《あお》げば外出から戻ったばかりの暮林《くればやし》と眼が合う。

「暮林さん、とりあえずの平面図ができたんで、見てもらえますか」

悟が書きかけの階段図のウィンドウを閉じ、モニターを見せるために椅子《いす》ごと体をずらそうとすると、暮林はかまわず背後から覆いかぶさるようにその長身をかがめ、肩ごしに覗《のぞ》き込んできた。

「あー見る見る、どこまでできた?」

耳元で暮林の吐息が感じられ、悟はたじろいだものの態度には出さず、ある私大図書館の一/四〇〇平面図を一階から順に開いた。暮林がなおも乗り出してきて、悟を腕のなかにデスクに手をつき、頬《ほお》がふれそうなその近さに悟は肩をこわばらせた。

私大建築科三年の悟が北相《ほくそう》建設でアルバイトを始めて二ヶ月、第六設計室付きになってからでもそろそろ一月がたとうとしている。暮林は二八歳にしてその設計室長を務めていた。

建築デザインを志《こころざ》す者なら、誰しも暮林総一郎《そういちろう》の名を聞いたことがあるだろう。東大《とうだい》在学中から毎月のようにコンペに出品し、数々の賞を獲得してきた。斬新《ざんしん》な発想と機能性は当初から高く評価されており、学生の身分ながら、本来ならば応募資格のない大規模なコンペにも招待され、期待に違《たが》わず入賞を果たし、院に進むころにはすでにその名は広く知れ渡っていた。

修士過程修了後、即事務所開設かと業界の注目を集めたが、暮林は大方の予想を裏切って、大手建設会社である北相建設に入社した。

北相建設は海外にも支店や事業所を持つ国内有数の建設会社で、資本金一千億円近く、従業員数は約一万人、一級建築士有資格者だけで二千人を超える。鳴り物入りで入社したとはいえ、一年目にようやく一級資格を取得した彼に、大きな仕事がめぐってくる機会は当分先になると思われた。

ところが暮林は通常業務の傍ら、大手財団主催の劇場のデザインコンペに出品し、名だたる大物《だいば》を退けて大賞を受賞した。オペラ劇場から中小の劇場まで備えたこの東京インペリアルホールはお台場に建てられ、当然のように北相建設が工事を請《う》け負った。

オペラ劇場は正面・奥・左右合わせて四つの舞台を持ち、客席は三層のバルコニーが舞台を抱え込むプロセニアム形式になっている。壁から天井まで重厚な木材で仕上げられ、歌手の肉声からオーケストラの音まで残響時間が計算つくされており、柿落《こけらおと》し公演を行ったウィーン国立歌劇場管弦楽団の指揮者をも感激させたという逸話がある。

東京インペリアルホールはさらに見事、建築学界賞に輝いた。設計者個人だけでなく北相建設の名も高めたとして、暮林には社長賞が授与されたらしい。海外からのオファーも相次ぎ、若くして建築界のノーベル賞に譬《たと》えられるプリツカー賞に最も近い日本人と言われている。

「こんな感じでやってますけど」

悟は一階平面図を呼び出した画面を、ゆっくりとスクロールしていく。横目に暮林をうかがえば、顔を傾けただけでその頬をかすめてしまい、

「す、すみませんっ」

悟は決まり悪いふうに半身をずらした。

「何がだ？　ちゃんとできてるじゃないか」

けれどあわてる悟をよそに暮林は、そんな間近さなど気にもとめずにモニターを覗き込んでいる。悟が清書《せいしょ》した図面を眺める視線は真剣で、その端正な横顔に見とれそうになる。

きれいな顔だなぁ、と思う。

仕事中に不謹慎だと思いつつも、暮林の容姿に対する印象は初対面から変わらない。

暮林は切れ長の眼とまっすぐな鼻梁《びりょう》が特徴的な、はっきりと整った顔立ちをしている。つりぎみの眉は意志が強そうなくせに、深みのある瞳は思いの外やわらかく、妙に人好きがした。黒くなめらかな前髪がときに目元に落ちかかり、同じ毛質の睫毛《まつげ》が意外に長いことに気づかされる。眼を伏せたときの、気怠《けだる》げな風情《ふぜい》にほのかな色気が匂う。

眼窩《がんこう》のくぼみから細く通った鼻筋、顎先《あごさき》に続く線がゆるやかに描かれ、横顔がことに美しいのだ。

おまけに暮林は、設計士にしておくのがもったいないくらい背が高い。身長一八〇台半ばを超え、こうして悟のモニターを眺めるには、ほとんど腰を二つに折らなければならない。だから余計に椅子の後ろから、悟のうなじや肩にその上半身がかぶさらんばかりになっている。

「あの、いいですか？　次、二階——」

この距離感に慣れないからか、悟は首筋から頬にかけてがほてるような気がして、あえて暮林のほうを見ないようにした。一階平面図を端まで表示し、次の画面を開こうとしたとき、突然、暮林がマウスを摑《つか》んだ。

「ちょっと待て、今のとこ」

「……っ」

暮林はクリックしようとした悟の手ごと、マウスを捕えた。悟がうろたえて息をのむのに、気づかないのか平然と握り込んできて、悟の手に重ねてマウスを操作する。画面がスクロールされ、エントランス前の階段まで戻されるが、悟は戸惑いからそれどころではない。身じろぎすると椅子がきしみ、鼓動がはねて脈が速くなる。

暮林の手は大きく、悟の手を覆ってもなお余りある。骨ばった指も長く、絡みついてくるみたいで、悟は関節の隙間《すきま》からマウスのボタンを押されて頬が熱くなった。外から帰って間もないからか、暮林は悟よりもあたたかく、そのぬくもりが手の甲にしみる。

「この階段、吹き抜けなのは三階から地下一階までで、閉架《へいか》書庫の地下二階は別になってるはずだが、大丈夫か？」

「あ……っはい、後で階段詳細図もし、仕上げ――仕上げますから、あの、そっちで確認していただければ」

悟はかろうじて答えた拍子に顔を横向け、暮林と眼が合ってしまい、瞼《まぶた》を伏せることすらできなくなった。

暮林は人と話すとき、まっすぐ相手の眼を見つめる。それは下《した》っ端《ぱ》アルバイトの悟に対しても変わらず、視線をからめとられてまばたきもためらわれる。揺るぎない瞳に吸い込まれそうで、頭のなかまで覗き込まれてるような気分になる。

「階段、は――途中まででよければ、今」

「いや、できてからでいいわ」

手をとられたくらいで動揺する自分のほうが変なのだろうか、こめかみが脈打ち、顔が赤くなりそうで、悟が困惑げに暮林をうかがう。暮林の眼にはあせっているふうに映ったらしく、視線をやわらげて笑みを浮かべた。

「急がなくていい。悪かったな、先走って」

暮林はなだめるように言い、マウスと悟の手から指をほどいた。乗りかかるようにかがめていた背も半ば起こして、悟に続きを促《うなが》す。

「次は二階か？」

「はい、これです」

悟は自由になった右手でマウスを動かしながら、名残惜《なごりお》しいような心地がするのに気づいている。暮林の掌《てのひら》に包まれていた手が肌寒く、ぬくもりが恋しいような感覚がある。

クーラー、効きすぎてるわけじゃないよな。

社内の空調は省電力と健康のために二六度に保たれ、スーツの暮林はむしろ暑そうだ。肌から発熱しているみたいに、空気を介して彼の体温が感じられる。

「コントロールカウンターに円形ソファ――二階は問題ないな。三階は」

平面図が切り替わるにつれ、暮林は再び背をかがめてきて、顔が寄せられた際、悟の鼻先をトワレがかすめた。

ムスクとウッドノートにまじって煙草《たばこ》の残り香《が》がし、ほんのかすかに汗の匂いがする。首筋か耳元か、暮林の体臭がただよってきて、でも決して不快ではない。逆に酔うような、誘われるような生々しさに鼓動が乱れる。

「研修室三つに給湯室――あぁ、このトイレ、三階のトイレは身障者用だから忘れるな」

「はい、すみませんっ」

暮林の注意を受け、悟はのぼせたような表情を引きしめ、まばたきをして椅子の上で背筋を正した。忘れないようメモをとる悟の横で、暮林が放り出されたマウスを手にし、地階の図面を確かめていく。

意識してしまうのは暮林が大物だからだ、と思った。一、二ヶ月前までは雲の上にいたような人が近くにいて、あまつさえ仕事を任せてもらっているから、緊張するのだと。

「地下一階、二階も指定どおりだ。思ったより早くできたな、ご苦労さん」

暮林は満足げに言いながら身を起こすと、悟のデスクに腰でもたれ、ネクタイに指をかけた。まだ暑いのか、結び目を数cm下げてタイをゆるめ、シャツのボタンを一つ外す。襟元《えりもと》からわずかに鎖骨が覗き、悟はその仕草にあてられたように、とっさに眼をそらす。

そうでなければ、大人に慣れていないせいだ。教員までも自由な服装の大学と違い、社会人として隙なく装うスーツ姿に気圧《けお》されているからに違いない。

悟はそう自分に言い訳したけれど、第六設計室には二十数人の設計士や事務職員がいるのに、暮林以外に気持ちをかき乱されることはない。その前にいた総務でも同じで、悟にとってはみな等しく『社員』だった。

「平面図がほぼ終わりで、今は何やってるんだ?」

暮林に尋ねられ、うつむいていた悟は急いで顔を上げた。

「先に階段詳細図書いてます。立面図と断面図はだいたいできてて、あとはこまかい調整と見直しです」

暮林はその返答にうなずき、悟の肩を叩《たた》いてなんでもないふうに言った。

「じゃあ、それ終わったら平面詳細図な。とりあえず一階部分ができたら俺に見せてみろ」

「え……っ」

悟は驚きの声を洩《も》らし、立ち上がって暮林を仰ぎ見る。まわりの席にいる設計士達がちらりと視線をよこしたものの、暮林がいなすように見返したため、不満を唱える者もなくそれぞれの作業に戻った。

平面詳細図とは、その名のとおり平面図がさらに詳しくなったもので、図面縮尺や寸法は勿論《もちろん》、柱の位置や窓の形状、床材からその張り方向に段差、内部建具の指定等、あらゆる事項が記載されている。デザイン中心の意匠《いしょう》図のなかでは最も基本的であり、また重要な設計図の一つだった。

いくら清書するだけといっても、たかがバイト風情に託す仕事ではない。

「あの——いいんですか、俺がやって…？」

こわごわ尋ねる悟に、暮林が甘やかすでもなく、当然のように言い放ったのがいっそうありがたかった。

「だから俺がいちいち見るって言ってるだろうが」

「はい…っ」

悟は大きくうなずいて、暮林が窓際の室長席につくのを待ってから、椅子に腰を下ろした。

大学生の悟にこんなことをさせてくれるのは、北相建設のなかでも暮林くらいだろう。大手建設会社で設計部に入りたかったら、修士は持っててあたりまえと言われているのだ。大卒の新入社員ですら、まず現場で経験を積まされるのが普通だった。

そもそも総務からこの設計室に移れたのも、暮林のおかげだった。総務での仕事は伝票整理に備品のチェック、それにメールの配達といった雑務が主だった。

毎日、会社に届く大量の郵便物や宅配荷物、それに社内メール便を部署ごとに分け、ワゴンに積んで、四十階ある本社ビルの方々に届けて回るのだ。

総務の社員はいい人達だったし、雑用係なのは初めからわかっていたけれど、設計や建築に関わっている人々を目《ま》のあたりにすると、あこがれや羨《うらや》ましさがつのった。

そんな悟の日常が劇的に変わったのは、アルバイトを始めて一ヶ月が過ぎたころだった。例によってメール配達に回っていた際、フロアのすみにある喫煙所で暮林を見たのだ。すぐそばの業務用エレベーターが降りてくるのを待つ間、悟は失礼にならない程度にそっとそちらをうかがった。

「前に言ってた、汐留《しおどめ》のミュージアムどうなった？　もう竣工《しゅんこう》式終わったの？」

「来週頭、ギリギリ間に合いそうだな」

暮林が煙草を吸いながら答えたのは、女性設計士の片岡桐子《かたおかきりこ》にだった。

「それよか表参道《おもてさんどう》のブランドビルだよ。第一案で全面リテイクくらったわ。さすが、世界的なデザイナー様はこだわりがうるせぇ」

「総《そう》さんご指名なのにね」

「それはいいけど、クライアントとの打ち合わせから何からやり直しだから、予定も他の仕事も押す押す」

暮林を「総さん」と呼び、親しげに口をきく桐子は同じ大学の後輩だという話だった。第七設計室に属しており、設計部でも一割に満たない女性設計士のなかでは最も名前が知られている。隙のない化粧をしたなかなかの美人だが、かなりの野心家とも囁《ささや》かれていた。

ソファに腰かけている桐子と向き合い、暮林は落ち着かなげに立ったままで、ため息のように煙を吐いた。憂《うれ》いがちの横顔ができすぎた彫刻のようにきれいで、鼻筋から口元へと視線を引きつけられた。

「うちのチームどころか設計室自体が慢性人手不足なんだよ」

「仕事受けすぎだからでしょ」

「それは言うなって。もう、ひととおり製図できればサルでも即採用したいぜ」

暮林が冗談まがいに洩らした一言に、悟は思わず声を上げて飛びついてしまった。

「あの…っ」

悟がメールのワゴンを脇《わき》に押しやって身を乗り出すと、暮林と桐子は何事だと言わんばかりに訝《いぶか》しげな顔をした。

「俺、建築の大学三年で先月からバイトさせてもらってるんですけど、もし――あの、手伝えることとかあったら、あの」

その場の勢いがあったから言えた台詞《せりふ》だろう。正気だったらとても、恥ずかしくて口にはできない。

煙草を手に固まったような暮林の視線と、桐子のおかしげな含み笑いがいたたまれず、悟は伏し目がちになり、続く言葉の語尾がしぼんだ。

「バイト代とかいらないし、いや、それ以前に役に立てるかわからないんです、けど……」

「きみでしょ、最近噂《うわさ》の大学生の子って。かわいい配達屋さんいるって、社員の間で好評よ」

桐子は気を遣ってくれたんだろうけれど、その言いようではまるっきり子供扱いで、悟は逃げ出したいような心地になった。

「あ――ば、バカなこと言ってすみません」

ちょうどエレベーターが降りてきて、ドアが開くのと同時にワゴンを摑んで乗り込もうとしたところ、

「週に何日来られるんだ?」

暮林が、おもむろに口を開いて悟を引き止めた。

「え…っと、月火木が四時から、金曜は午後から、水曜と、なんなら土日は一日中空《あ》いてます」

悟は不意をつかれ、反射的に答えていた。暮林はしばし思案しているふうだったが、煙草を挟んだ手をかかげて尋ねてきた。

「お前、名前は?」

「井川悟、です」

目の前でエレベーターのドアが閉まるのを見送って、悟は半信半疑で名乗った。そんなうまくいくはずがないと思う反面、期待で胸が躍った。

そして暮林は、悟の望んだとおりに告げたのだ。

「明日から、第六設計室に来い。人事には話通しとく」

「ちょっと総さん、本気ー？」

桐子があきれてソファから立ち上がるのも無理はない、悟のほうがもっと茫然《ぼうぜん》としていただろう。

「あの、いいんですか、ほんとに？　その——今更ですけど俺、そんなすぐ使えるとかじゃない…と思うんですけど……」

予想外の事態に、悟が自信なさげに言うと、暮林は楽しみなように笑みを浮かべ、灰皿に煙草を放り込んで歩み寄ってきた。切れのある眼が不敵な光をたたえ、見つめられて背筋が震えた。

「俺は、やる気のある奴は買いなんだよ」

暮林は骨っぽく端麗な顔をほころばせ、悟を安心させた。近くに立つとほのかに煙草の香りがして、それに遠くから見ているよりずっと、暮林は大きかった。

平均身長の悟より頭半分以上高いのはまだしも、肩幅が広く、ジャケットの上からでも胸板の厚さが見てとれる。腰が高く、手脚も長くて、イタリア物らしきスーツが厭味《いやみ》なくらい似合っていて、ジーンズにシャツという軽装の悟は気後《きおく》れしてしまう。

いや、服の問題だけではなかったのだ。

悟は顎がとがって鼻も細い、小作りに整った顔をしている。「瞳がチョコレート色できれい」とほめてくれた女の子もいたが、色白の肌や生まれつき茶色い髪も含めて、印象の薄い造作だった。身長こそ人並みに伸びたものの、痩《や》せ型なのもちょっと情けない。

つまり悟は男として、人間として暮林に圧倒されていたのだと思う。

「明日からよろしくな」

引け目を感じた悟はいつの間にかうつむいてしまっており、暮林に声をかけられて顔を上げた。

「こき使うから覚悟してこいよ、うちは忙しいぞ」

「は——はいっ」

悟の惑いを察したのか、暮林は距離を縮めるように手を伸ばしてきて、その長い指で悟の髪をゆるく摑んだ。

「お前、髪やわらかいなー、すごい猫っ毛だ」

頭を撫《な》でられながら、妙に頬が熱く、耳元が脈打ったのを覚えている。

そのような信じられない幸運によって、悟は総務での雑用を大幅に減らしてもらい、主に第六設計室で働き始めた。

北相建設の設計部は建物のデザインを受け持つ意匠設計だけで八つの設計室を抱えており、第一第二といった数が小さいほど大御所やベテランがひしめいている。若手中心の第六といっても、暮林の年齢で室長を任されるのは異例のことで、社内で反対の声もあったという。しかし彼が精力的に関わった建物は毎回のようにマスコミに取材され、今や第六設計室は北相一の花形部署だった。

「おはようございます、室長」

第六設計室でのバイト初日、悟がそう挨拶《あいさつ》すると、暮林は形のいい眉を盛大にしかめ、渋い表情になった。

「室長はやめろ」

「なんでですか？」

悟の素朴な疑問に、暮林は苦々しげに呟《つぶや》いた。

「肩書きで呼ばれると、老《ふ》けたような気分になるだろうが」

そんなことでかと、悟は吹き出しそうになるのを懸命にこらえた。暮林は子供じみた、いやそうな視線をくれ、

「名前で呼び合ったほうが、仕事する上で対等にやりやすいだろう。それに役職が変わるたびに変えなくてすむ」

どう聞いても正論な理由のほうを後から、とってつけたみたいに述べた。

とはいえ事実、暮林が社にもたらした功績は室長待遇でもたりず、いよいよ二十代の課長誕生かと目されている。元上司を飛び越えて出世するのもありそうな話で、最初から姓で通すのは賢明だった。

暮林の下について真っ先にやらされたのが、北相独自の３Ｄソフトの勉強だった。

建設大手はたいてい自社開発のソフトを社内で使用しており、北相もご多分に洩れず、悟は自分用のマシンと分厚いマニュアルを与えられ、まずはＦＳＳ《エフエスエス》と呼ばれるソフトの操作を身に着けるよう命じられた。

「うちはＦＳＳが使えないと仕事にならない。最初はＣＡＤ《キャド》のデータ移してもいいけど、慣れたら直接入力するようにしろ」

「わかりました」

悟はあくまでそれは空き時間にやるものと思い込み、社員が忙しく立ち働く室内を見回し、何から始めようかと暮林をうかがった。

「ええと、何をしましょう？　コピーとりとかファイル整理とか、簡単なことならすぐできると思いますが」

だが暮林は冷たいくらいはっきりと、愛想笑いする悟に言い放った。

「言っただろうが、仕事がしたけりゃＦＳＳを扱えるようになれ。他に余計なことはするな、そのために一般職の女性がいる」

「は、はい――」

悟は出社してまず総務の雑用を一、二時間で片付け、あとは延々ＦＳＳと格闘した。最初の一週間か十日はほとんど使いものにならず、ようやく簡単なビルのデータを完成させたときは、勇んで暮林に報告した。

「暮林さん、できましたっ」

暮林は悟の入力したデータを順にチェックしていき、自動的に算出される面積表の数値と照らし合わせて、合格点を出した。気難しそうにモニターを睨《にら》んでいた顔が、口元に笑みをたたえて華やいだ。

「思ったより早かったな。じゃあこれ、平面図の清書からだ」

暮林は早速《さっそく》、手書きで数値の書き込まれた図面を差し出してきた。

「え……っもうですか？」

いいのかと、眼を丸くする悟に、暮林はデスクのむこうから言った。

「実践《じっせん》で学んでいくのが一番の早道だ」

「はいっ」

これで少しでも、暮林の役に立てたらいいと思った。そうなるつもりで、いた。

驚くべきことに、悟がソフト習得の勉強をしていた時間も、研修期間として給料計算されていた。金のことをさておいても、負い目がないわけではない。

午後のメール配達の折、喫茶室の近くを通りかかり、ちょうど暮林と桐子が出てくるのを見かけて、なんとなく手前の角で足を止めた。立ち聞きする気はなかったけれど、責めるような桐子の声は、むこうから悟の耳に飛び込んできた。

「大学生なんて素人《しろうと》同然の子が、どれだけ役に立つっていうのよ。人手増やして倍手間かかってたら、本末転倒じゃない」

桐子はいかにも腹立たしげに、暮林を睨むように見てこぼした。

「清書させたって後で手直しするくらいなら、最初から自分で書いたほうが早いでしょ」

「……将来性を買ったんだよ」

暮林は桐子の言い分を笑って受け流し、悟には気づかずに廊下を通り過ぎていった。

「仕事覚える気がある奴なら、育ててみたくなるじゃないか」

「物好きにもほどがある——前より忙しくなって、会う時間全然ないじゃない」

桐子の物言いからすると、二人は付き合っているのだろうか。だとしたら暮林が余計な時間をとられる分、悟を恨むのは無理もない。

頭ではそう理解できても、桐子の言葉の一つ一つが胸に痛くて、悟はしばらくその場に立ちつくしていた。

第六設計室にいるだけで、暮林に迷惑をかけているのか。彼の好意に甘えて、仕事してるつもりになっていたのか。

「……」

どれも簡単に予測できたことなのに、うかれていた自分がバカみたいで、ひどく落ち込んだ。

暮林の足を引っぱるばかりなら設計室でのバイトを辞めようかと思ったが、それまで費やしてもらった時間が丸々無駄になるし、何より悟をとり立ててくれた暮林の面子《メンツ》をつぶすことになりかねない。

結局、悟にできるのは早くFSSを覚えることくらいだと、それが暮林の厚意に報いる唯一の方法だと、気づいてからは迷わなかった。何度もデータを駄目にしてはやり直し、マニュアルを読み込み、ときにはまわりに指導を仰いで、着実に技能を上げた。始めて一ヶ月で暮林から平面詳細図の清書までさせてもらえるようになったのだ。

「その前に――」

まずは他を片付けてからだと、悟は書きかけだった図書館の階段詳細図を開いて仕上げにかかった。

一息ついて椅子の上で背筋を伸ばし、ドア付近の席からあたりを見回す。悟と同様にモニターに向かっている者、書類をめくりながら電話相手にまくしたてている者、パーティションのむこうでプリンターが起動し、A1の図面を吐き出している音がする。

こうして設計室が動いているのを改めて見るたび、嘘みたいだと思う。ほんのすみっことはいえ、自分なんかが北相建設の設計部で働いているなんて。

悟は大学において成績こそ優秀だったものの、決して評価の高い学生ではなかった。去年の後半から出し始めた学生コンペの結果もふるわず、いいとこ佳作どまりだった。

審査員の講評は、ゼミにおける教授や仲間の弁と大差ない、

『丁寧で正確、利用者の身になって親切な設計がされているが、目新しさがない』

独創性に欠けると言われたも同然で、意匠設計を志すのは遠い夢で、事業部あたりで施工《せこう》や安全管理でもするのが分相応なんじゃないかと、早くも現実を痛感していた。

それが今では、北相設計部の中枢で、自社ソフトで図面を引いていたりする。

たかがバイトの分際でそんなことができるのはすべて暮林のおかげだと、何気なく窓際の室長席を眺めて、当の彼と眼が合ってしまった。設計室を横切って、彼のまなざしは悟に向けられていた。

「……っ」

悟は虚をつかれたみたいで息をのみ、眼をそらしていいものやら、瞼を伏せて目線をただよわせる。背もたれごと伸びをしたりきょろきょろ見回したりしていたのをよりによって暮林に見られたかと思うと、どうにもバツが悪い。

「井川」

暮林がよく通る声で悟を呼び、片手を挙げて合図する。注意されるかと、悟が半ば覚悟して小走りに駆け寄ったところ、暮林はデスクのむこうから一枚のメモ用紙を差し出してきた。

「仕事の最中悪いが、お使いだ」

「あ、はい――」

暮林のデスクは書類だのファイルだのが不揃《ふぞろ》いな大きさで積み重なっていて、悟はその山を崩さないよう腕ごと上げてメモを受けとった。

「買い物ですか？」

お使いと言うからてっきりそうかと思ったら、メモには走り書きのとがった字で「本郷《ほんごう》　宇田川《うだがわ》出版新社屋、構造仕様書・配筋《はいきん》基準図　大至急」とあった。

「それ持って、上の森尾《もりお》んとこ行ってくれ」

暮林はペンで控えめにメモを指し、目線を天井に向けて上階を示す。上の二九階には構造設計室があり、そこの森尾にメモを届けてこいということだ。

「えぇと、これを森尾さんに渡せばいいんですか？」

「いんや」

暮林はおごそかに首を振り、眉根を寄せて言った。

「今すぐ、メールでそれ送るよう言ってくれ。見届けるまでずっと森尾の横についててせかすんだ」

「ずっと、ですか」

電話やメールで言うんじゃ駄目なのかと、悟の疑問が表情に出たのだろう、暮林はペンを握りしめて苦いようにこぼした。

「電話でいくら言っても『この後すぐやる』で埒《らち》が明かん。〆切《しめき》りはとっくに過ぎてんだ」

「わ…かりました」

悟はうなずいて自分の席に戻り、ファイルを閉じて第六設計室を出た。

あんなふうに愚痴《ぐち》みたいに言われても、悟には暮林が、息抜きさせるために用を言いつけたように思えてならない。バイトの悟でも部下として気を配ってもらってると、勝手に解釈するのは都合がよすぎるだろうか。

どうせ一階分だと、悟は足どりも軽く階段を昇り、構造設計室のドアを叩いた。

「失礼します」

悟がドアを開けて顔を覗かせると、ちょうどマグを片手に席につこうとしていた森尾が、こちらに気づいて声をかけてきた。

「おう、悟ちゃん、どした?」

森尾は暮林と同期入社の設計士で、悟と同じ私大の院卒だった。暮林とは好一対みたいな、今風に顔立ちの整った二枚目で、やや軽い印象があれど、気さくで話しやすい。暮林ほどではないがけっこうな長身で、独身なのもあり、女子社員の人気は高かった。

もとを正せば悟が北相のバイトにつけたのも森尾が教授に話を持ってきてくれたからで、そのせいか悟が総務にいるころから、何くれとなく気にかけてくれていた。

「俺に用か?」

「暮林さんから、これ」

悟がうやうやしく両手で差し出したメモ用紙を、森尾は受けとってから腰を下ろした。メモに一瞥《いちべつ》をくれ、あからさまに眉をしかめてマグに口をつける。

「宇田川新社屋ってまたかよ、うるせぇなぁ」

森尾はコーヒーを一口飲んでデスクの奥にやり、椅子ごと悟に向き直った。

「後でやっとくって言っといてくれ。あいつ、そんなことでわざわざ悟ちゃんこしたのか」

悟ちゃん、という呼び方が子供扱いではなく親しみととれるのは、森尾の人柄だろう。

悟は笑みを浮かべ、森尾のデスクの脇に立って、早くも長期戦のかまえをとる。

「もう待てないみたいでしたよ。森尾さんがファイルで送ってくれるまで見張ってろ、というようなお達しでした」

「うっわ、なんだそれ」

信じられんと言いたげに、森尾は表情豊かに眉を上げて、不満げにぶつぶつ呟いている。

「脅迫かよ、くっそー。もうほとんどできてるっつってんだろうが」

そう言いながらも森尾は、今やっている仕事を中断して、パソコンに新たにファイルを呼び出す。

構造設計に関する書類をモニター上でチェックし、こまかな直しを入れて、

「じゃあ、送るからな」

わざわざ悟に宣言してから、暮林のアドレスに送信した。

「ありがとうございます、お疲れ様です」

「しかし、暮林もしょもないことで悟ちゃん使ってんなー」

はたから見ればそうだろうが、悟にとってはいい気晴らしになるし、めったに足を踏み入れられない構造設計室も覗けてありがたい。

「いやぁ、逆でしょ。気ぃ遣ってくれてんだと思いますよ」

「そうだ、せっかくだから俺のほうも伝言」

森尾はデスクの上をさぐり、一枚の書類を引っぱり出して、坐《すわ》ったまま悟の眼の高さまでかかげて言う。

「千駄ケ谷《せんだがや》のSTオフィスビル、柱間隔一六・五mは無茶だっつっといてくれ。せいぜい八mが限度だろ」

そのビルについては、暮林から話を聞いたことがあった。

「外殻構造《がいかくこうぞう》にすれば、一六・五でもいけるんじゃないですか」

だから悟はつい、余計なことと知りつつ、口を挟んでしまう。

「こういった中層事務所ビルだとオフィス空間の自由度が最優先されますから、クライアントのことを考えたら柱割りは広いほうが好まれると思います」

悟の発言が意外だったのか、森尾は気分を害したふうでもなく、眼を丸くして尋ねた。

「——って、暮林が言ってたのか」

「そういうわけじゃ、ないですけど……」

クライアントとの交渉にあたる暮林が先方の意向を最大限に受け入れようとするのは確かだ。けれどそれだけではなく悟自身が、建物とは設計者や施工者の都合ではなく、実際に利用する人の身になって造られるべきだと考えているからだった。

だがそれはあくまで意匠設計者の理想論にすぎず、森尾は端正な顔を曇らせた。

「そう簡単に言ってくれるけどな、仮に外周に三mスパンで柱を建てたとして、その場合のモジュール寸法が——いや、そうすっと予定と大幅にズレるだろ。茂《しげ》ジィが黙ってないぞ」

茂ジィこと茂田《しげた》は設備設計室の設計士で、定年まであと数年のベテランだったが、頑固でなかなか譲らない気質だと聞いている。

北相が扱うような大規模な建築物では、設計者は意匠・構造・設備の三つに分かれている。意匠、つまりデザインを受け持つ第一〜第八設計室と、構造・設備のそれぞれの設計室とが連携して建築計画を立てる。森尾の弁からして、STオフィスビルのプロジェクトの設備担当者は茂田らしい。

「茂ジィが絶対、『設備スペースが圧迫される』って怒るだろ。そうすっと暮林が——」

「だったら配管を分ければいい、くらい言うでしょうね」

一ヶ月にわたって近くで見ているから、悟もいい加減、気づいている。暮林はその自信ゆえに、目上の者にもかなり強気でものを言う。

「すかさず茂ジィが、『そんなことしたら効率が落ちる』ともっともなことを言い、暮林のバカタレが『それをなんとかするのがあんたの仕事だろう』とか暴言を吐きたれ、挙げ句の果てに摑み合いになって、血を見る騒ぎになるんだな」

いやに具体的な描写でも、一人芝居をする森尾の様子から、悟はてっきり冗談だろうと笑いを洩らした。

「そんな、大げさな」

「言っとくけど、摑み合いってのはたとえ話じゃないからな」

ところが森尾は、顔を掌で覆ったまま、指の隙間から恨みがましく悟を見上げた。

「えっ？」

「悟ちゃん、暮林のスカした見てくれに騙《だま》されてるだろうけど、挫折《ざせつ》知らずの坊ちゃんだからすげぇワガママだぞ、あいつ」

「そんなことはない、気がしますけど」

暮林は仕事に関しては厳しいけれど、面倒見はいいし懐は深いし、悟はいつも、大人なんだなぁと感心させられているのだ。

しかし同僚の森尾の眼には、随分と違うふうに映っているらしい。

「こうと決めたら譲らないからな。確かに暮林の言うことは正論なんだが斬新すぎたり理想に走りすぎてたりして、茂ジィみたいな頭が堅い相手だと派手にもめる」

森尾は身を起こし、うんざりしたように椅子の背もたれに寄りかかる。その口から語られる暮林は悟の知る本人とは違っていて、容易に想像できない。

「茂ジィも年寄りのくせして血の気《け》多いんだよ。前にカッとなって暮林の胸ぐら摑み上げて、でもジィさん、あのとおり小さいから、猿《さる》の干物《ひもの》がぶらさがってるようにしか見えなくてなぁ」

森尾は口が悪く、さすがに猿は言いすぎだが、廊下ですれ違ったことのある茂田は、標準身長の悟より約二十㎝背が低くしわだらけで、ひからびたみたいに痩せていた。

「暮林も適当にかわしゃあいいのに、無駄にデカくて力あるから、ちょっと振り払っただけで茂ジィがふっとんで、会議室の机の角に激突だよ」

森尾は特に声をひそめるでもなく、周囲の席の人間の耳に入っているだろうに、伏せられた話ではないのか、みな何事もなく聞き流している。

「で、どうなったんですか……?」

気をもんでいるのは悟だけのようで、おそるおそる尋ねると、

「デコがぱっくり割れて大出血。そういや労災になったのかね、あれ」

森尾は流血話の顚末《てんまつ》をあっさりと語った。

茂田の怪我《けが》もだが、悟は加えてプロジェクトの行方も気になる。

「それで結局、暮林さんと茂田さんは——?」

「俺が柱寄せて配管スペースとって、壁の強度上げてなんとかしたよ」

要するに森尾が割を食い、仲裁してことを治めたということだ。

「大変、ですね」

「まったくだ」

森尾は肩をすくめ、大きくため息をつく。

「茂ジィはしょうがないとして、暮林だよ。社会人としての処世術《しょせいじゅつ》が欠けてんだ。根本的にガキなんだな、あいつは」

けれど物言いに反して森尾の表情はやさしく、そんな暮林の正直さや真摯《しんし》さを好ましく思っているのが伝わってきた。

「STオフィスビルの件は、俺からも直《チョク》に言うけど、まぁ悟ちゃんからも先に匂わせといてくれ」

森尾はそう言ってマグを手にとり、冷めかけたコーヒーを口にした。作りおきかインスタントらしく、風味が死んでるような香りしかしなくて、森尾もまずそうに飲んでいる。

「よかったら今度、俺のコーヒー飲んで下さい」

悟の申し出に、森尾は興味を引かれたようにまばたきした。

「コーヒーって、悟ちゃんが淹《い》れんのか」

「はい、設計室でも夜とかたまに。淹れたてだとけっこうおいしいですよ」

悟はこう見えても、コーヒーにはこだわりがある。

「そりゃ、楽しみだな」

森尾は残ったコーヒーをいやそうに飲み干して、そろそろ立ち去ろうとしていた悟を呼び止めた。

「悟ちゃん、暮林にこき使われてねぇか？　いやんなったらすぐ逃げてこいよー」

「そんなことないです、よくしてもらってます」

暮林から離れるなんてもったいないないと、悟は本心から大きく首を振るものの、森尾は疑うような上目を向けてきた。

「どうだか。少しくらい図面さわらせてもらったか？」

「少しどころか、こっちが不安になるくらいいろいろ、ＦＳＳで清書させてもらってますよ」

暮林が誤解されるのはたまらず、悟はむきになって訴えた。

「今やってるのが終わったら、平面詳細図を書かせてもらえるそうです」

「平面詳細図って、暮林のか？」

森尾はよほど驚いたのか、大きく眼を見開き、唖然《あぜん》とした表情で悟を見ている。

やはりバイトごときにやらせるには、相当異例なことなのだろう。

「あんまり、人に言わないほうがいいですかね…？」

暮林の立場がまずくなるのをおそれ、悟は心配になって尋ねる。

「それは別に、暮林がやらせてんだからいいだろうけどさ、あの男が平面詳細を人にまかせるとはねえ」

森尾は感慨《かんがい》深げに一人でうなずき、半身で乗り出して悟に手を伸ばしてきた。

「信頼されてるっつーか……かわいがられてんだなぁ、悟ちゃん」

後輩の厚遇を喜んでくれているようで、悟の髪に指を絡め、笑いながらくしゃくしゃと頭を撫でた。

そう言われると今更ながら、いかに自分が恵まれてるか実感されて、悟はかき乱された髪に手をやって笑った。


悟が第六設計室に戻ると、暮林はすでにモニター上で構造仕様書を開いていた。おそらく森尾からのメールが届いて、即確認したのだろう。

というのは暮林が、部屋に入るなり悟を呼び寄せて言ったのだ。

「遅かったな」

察するに、メールの送信時刻から時間がたちすぎていると思われたらしい。

「すみません、ちょっと余計な話とかしちゃったもんで」

それほど長話していたつもりはなかったけれど、山積した書類のむこうの暮林はさぐるような眼をしていて、素直に謝ったほうがいい雰囲気だった。

「話って、なんの話だ」

しかし暮林はなぜかその言い訳では放免してくれず、さらに詳しく尋ねてきた。

「森尾がなんだって？」

「あー…ＳＴオフィスビルの柱のスパンが広すぎるって言ってました」

茂田と大人げなく摑み合いになったことを悟が聞いたと知ったら、暮林はどんな顔をするだろうか。

そんないたずら心が湧《わ》いたが、笑いごとのみこんでこらえた。

その笑みが悪かったのか、暮林はかすかに眉をひそめ、まなざしもきつくなった。

「他には？」

「他って――」

訊《き》かれても困ってしまい、悟は首をひねって、暮林に報告できる話題を探す。森尾との会話を反芻《はんすう》するうち、

「かわいがられてんだな」

という台詞が頭のなかで大きく響いて、耳元が熱くなった。深い意味なんかないだろうに、なぜか照れくさいようで脈が速くなる。

「……何赤くなってんだ」

暮林が低く呟いた言葉からして、不覚にも顔に出てしまったようだ。

まさか正直に理由を言うわけにもいかず、悟はあせって作り笑いを浮かべ、髪をかき上げて言った。

「えーと、頭撫でられました」

すると暮林は、わずかに頬を攣《つ》らせ、まばたきもせずに悟を凝視した。固まったような無表情が、秀麗な面《おも》ざしをきわだたせた。

……ひょっとして、サボりたくて森尾と話し込んでたと思われたんだろうか。

「話っていっても、別にそれほど長くなかったです、よ」

悟がおどけたふうに言っても、暮林の態度はやわらぐことなく、そっけない口調で命じた。

「わかった。戻れ」

「えっ？」

「仕事に戻っていい」

暮林は物言いたげな眼で悟を見ているくせに、それっきり黙してしまって、悟は図面引きを再開するしかなかった。怒らせたんだろうかと、考えただけで胸がざわつき、喉《のど》がつまったみたいになって、息苦しくなった。

平面詳細図をまかされた喜びが、半減してしまったようだった。ちょっと暮林に冷たくされたくらいで、みっともなく落ち込んでいる。

幸か不幸か、六月末から七月にかけては一期の試験やレポート提出がたてこんでおり、悟は事前に申し出ていたとおり、まとめてバイトを休んだ。

建築計画や総合造形演習等、厄介《やっかい》な科目を片付けて出社したのはその週末のことだった。土曜日の午後からで、社内は普段に比べて閑散としていたが、設計部は半数以上の社員が休日出勤していた。

「こんにちは――」

悟が四日ぶりに第六設計室に顔を出すと、暮林は先日のことなどなかったようにほがらかに返事をくれた。

「おう、来たか。どうだ、試験は」

「ほとんどレポートか持ち込み可なんで、なんとかなりました」

悟のほうも、自然に笑みがこみあげてくる。気まずいのを覚悟していたせいか、高揚感に胸がはずんで、我ながら困ったものだと思う。

暮林の顔を見ただけでうれしくなるなんて、恋する乙女のようだ。

冗談でもそんな考えが浮かんだら、ちょっと体温が上がったみたいに頬がほてった。暮林を崇拝しかけているのか、彼が絡むとどうも調子が狂う。

「なん…っかなぁ――」

意味のない呟きも洩れようというものだ。

私大図書館の立面図・断面図はすでに暮林のチェックを通っており、悟はいよいよ平面詳細図にとりかかった。平面図を十倍以上拡大することになり、エントランスや開架書庫、視聴覚室と、一部分のデータだけでも膨大になる。

「ふう……」

悟はため息をつき、瞼を手の甲でこする。暮林の眼になまけていると映らないよう、マウスに手をおいた姿勢でそっと室長席に視線を向けると、見越したように暮林が立ち上がったので少し驚いた。

無論、ただの偶然にすぎず、暮林は部屋を横切って事務の女性のところへ歩いていく。

「山本《やまもと》さん、今朝頼んだ計算書は？」

「はい、できてます」

部下の、それも普通の役付きが軽く見ていそうな一般職の女性の席まで、自分から書類をとりに行くところが暮林らしい。

暮林は日本人離れした骨格で、何気ない足運びの歩幅が広い。立ち止まると、デスクのはるか上に腰がある。書類を受けとろうと伸ばされた腕が長く、袖口《そでぐち》から覗く手首の時計が男を感じさせた。

肩から背中にかけての線が美しい、あのスーツはオーダーに違いない。黒と茶の糸を折り込んだ中間色の布地はほどよい伸縮性に富み、肌ざわりがよさそうだ。暮林は肩が大きいからスーツ姿が見映えがし、胸元に顔をうずめたら気持ちいいだろうと思わされる。

「え……っ」

なんか今、とんでもないことを考えた気がする。

悟は驚きの声を噛《か》み殺したものの、暮林から眼をそらしても思考の暴走は止まらない。あの長い手脚では、細身の悟なんか軽々と包み込んでしまうだろう。抱きしめられたら守られてるみたいな心地がして、トワレの匂いに酔ってしまうかもしれない。

「――…っ」

妄想めいた情景が脳裏をよぎり、悟はマウスを放り出してデスクにつっぷした。顔が熱くこめかみが脈打ち、耳まで赤くなっているのは確実だ。キーボードに覆いかぶさり、息をのんで動悸《どうき》が治まるのを待つ。

おかしい、こんなのは絶対に変だ。いくら暮林を尊敬してて、あこがれてて、感謝もしてて好きだからって、ふれたいと思うのは全然違う。

第一、男同士で――気持ち悪い。

いや、気持ち悪いと思えないことが問題で、何より暮林に知られたら、間違いなく引かれてしまうだろう。

「何、なんだよ、もう――」

途方に暮れたように呟いて、悟はデスクに手をついて立ち上がった。壁の時計は六時半、土曜日の上に定時を過ぎている。

「コーヒー淹れますけど、飲む人ーっ」

悟は景気づけのように、部屋中の人間に声をかける。

暮林の提言により、第六設計室はお茶は各自が飲みたいときに用意するのが原則だったが、残業となるとそのかぎりではなく、くだけた雰囲気のなかでこれまでもコーヒーを淹れたことがあった。

「はーい」

するとと悟の勢いに応えるみたいに、十数人いた全員が手を挙げてくれて、当然のように暮林が含まれているのもうれしかった。

悟は設計室の備品であるコーヒーメーカーを使わず、ネルドリップで淹れるため、給湯室まで行って熱湯を沸かすところから始めた。豆も持ち込みだが、値段よりも煎《い》りたてをこまめに買いたすのが大事で、飲む直前にミルで中挽《なかび》きにする。蒸気であたためていたネルフィルターに粉を入れ、あと少しで沸騰《ふっとう》しそうな頃合いでお湯をそそぎ、じっくり蒸らす。香ばしいコーヒーの匂いがただよい、お手軽に幸せな気分になれる。

手間は味に反映されて、悟のコーヒーは設計室でも評判がいい。

全員の分をいっぺんには淹れられないため、四杯ずつトレイで運んだ。暮林は室長だから、真っ先に持っていくのも礼儀にかなっており、悟は緊張しつつカップをソーサーにのせて差し出す。

「どうぞ」

「ありがとう、いい香りだ」

暮林は湯気の立つカップに息を吹きかけ、熱すぎるコーヒーを冷ます。その口元に目線を引きつけられ、悟は恥ずかしいように眼を伏せた。

「豆の甘みが出ててうまいな」

一口飲んだ暮林が笑って言うと、心臓がはねて、悟は無言で一礼して踵《きびす》を返した。あとは歳の順に、社員にカップを渡していく。

四度めにお湯を沸かしに行く前に、ふと思い出して電話をとった。内線で構造設計室にかけ、森尾につないでもらう。

「もし今、時間があったらコーヒーどうですか？　ちょうど淹れてるとこなんで」

「おー飲む飲む。五分で行く」

森尾はうれしそうな声で、期待していたとおりの反応をくれる。

最後に自分と森尾の分のコーヒーを用意して、第六設計室で待つ。冷める心配をするまでもなく、三十秒もたたないうちに、森尾がノックとともに部屋に入ってきた。

「お呼ばれどうもな、悟ちゃん。日頃のすっぱいコーヒーとは匂いからして違うな」

森尾は陽気に言いながら、トレイの上からカップをとり上げる。その声が大きすぎたのか、不穏な気配を察して悟が振り向けば、暮林が険しい表情でこちらを見ていた。眉間《みけん》が狭まり、うるさげに睨むような眼をしている。

「うーん、うまい」

けれど森尾はいっこうに気づかず、コーヒーを飲んで満足そうに言い、カップを片手に暮林の席に近寄っていく。

「暮林ー」

暮林とは逆に、森尾はいつものように愛想がよく、その分、暮林の視線が冷ややかに感じられた。

「例のＳＴオフィスビル、本気で外殻構造でやる気か？」

世間話のような森尾の語り口に対し、暮林の言いようは堅苦しい。

「他に方法がないだろう。柱間隔は大きくとりたい。クライアントの要望だからな」

「うっへぇ、またクライアント様かよ」

森尾は弱ったふうに顔をしかめるが、暮林はどんなときでもクライアントの、あるいは利用者の身になって設計する。だから顧客の信頼が厚く、建物が完成した後の評判が高くなるのだ。

入社以来の付き合いの森尾は、悟なんかよりそれをよく知っているのだろう、苦笑ぎみにうなずく。

「だったら俺も検討してみるから、茂ジィ刺激すんなよ」

「——俺は俺の判断で仕事をするだけだ」

森尾が譲歩しているというのに、暮林は融通が利かない返答で、声音もそっけない。幸いにも森尾は意に介した様子はなく、立ったままコーヒーを味わい、空のカップを指先に引っかけて悟の席に帰ってきた。

「ごちそうさま」

社交辞令でなく口に合ったようで、森尾は顔をほころばせ、カップを返しながら悟の頬を手先でつつく。

「ほんと、うまいわ。うちにもコーヒーだけ淹れにきてほしいよ」

「はは、そんな——」

口が上手《うま》いと、悟が笑って答えようとしたとき、

「余計なことを言うな」

部屋の奥から暮林の鋭い声が飛んできた。

「あくまで時間外だからだ。下の者のお茶くみを慣例づけたら、後の人間が迷惑する」

その口調の厳しさに、悟や森尾ばかりか、設計室中が水を打ったように静まり返った。みなが声を

ひそめ、訝しげに暮林をうかがう。

これまで何度かコーヒーを淹れても、感謝されこそすれ、怒られたことはなかった。叱責《しっせき》めいた強い語調に、胸がふさがれて、不安なときみたいに苦しくなる。

「す…みません、気をつけます――」

悟は笑みを作って平気なふりをしたが、無理があったのだろう。

「いちいちうるさい奴」

森尾がそう言い残して上に戻った後、悟が空いたカップを集めて設計室を出ると、

「手伝うわ」

給湯室に向かう途中で、一般職の女性が後を追ってきた。

「山本さん――」

山本は第六設計室の事務のなかでは最年長で、四十近い。髪をまとめて眼鏡をかけた、礼儀程度に化粧をした地味な女性だった。

「気にしなくていいから」

山本は汚れたカップのなかに水をためながら、おもむろに口を開いた。

「何がですか?」

「うちの先生よ。井川くんのせいじゃなくて、単に機嫌が悪いだけだから」

うちの先生、というのは暮林のことらしい。

山本は課によってはまさにお茶くみをさせられている立場で、責められた悟に気を遣ってくれてい

るのだろう。

「意外と気分屋だから、すぐ態度に出るの。自分に落ち度がないと思ったら、堂々としてなさい」

山本は水を止めてスポンジをとり、話す間も手を止めず、手際よくカップをこすっていく。

そう言われても、悟が暮林の不興を買った事実には変わらず、慰めにはならなかった。

「でも俺が、暮林さんの機嫌を損ねるようなことをしたんですよね」

「さぁ？　勝手に怒ってるだけかもしれないわよ。暮林先生、自分が一番じゃないとすねるようなところあるの」

そんなのは、悟の知らない暮林だ。

しかし先生と、からかうように呼びながら、山本の声には愛情がこもっている。その分析も森尾に似ていて、暮林には確かにそういう一面があるのかもしれない。

「お気に入りの井川くんが森尾さんになついてるから、おもしろくなかったんじゃないの」

「そんな――」

山本の勘繰りすぎだろうが、仮に本当だったとしても、とても喜べない。さっき暮林を相手に非常識な妄想にとりつかれたばかりで、もし特に眼をかけてもらっているのだとしたら、申し訳なくて後ろめたさが倍増だった。

「お気に入り、なんですか、俺」

山本がすすぐカップを受けとりながら、布巾で拭《ぬぐ》う悟の表情は自嘲《じちょう》げにもなる。

「どう見てもそうでしょ。井川くん、一生懸命でかわいいからみんな見守ってるけど、これで生意気な子だったら零下《れいか》の視線よ」

まあ、普通そうだろうなぁ。

分不相応だと、悟自身がありえない幸運に感謝しながらバイトに通っているのだ。

話の合間にすべてのカップを拭《ふ》き終わり、悟は洗い物よりも山本の心配りに感謝して、深々と頭を下げた。

「ありがとうございます。あとは俺がやりますから」

「そう？　じゃあお先に。おいしいコーヒーごちそうさま」

ネルフィルターの手入れをする悟に、山本は母親めいたまなざしをくれて給湯室を出て行った。

「これに懲《こ》りずにまたよろしくね」

悟は張りついていた作り笑いから一転し、大きくため息をついて、出しっぱなしだったコーヒーサーバーやミルを棚に片付けた。

暮林と知り合ってから、うかれたり落ち込んだり、感情の起伏が激しくて、ときどきつらくなる。

悟がうなだれて給湯室から出ようとしたとき、細く開けたドアのむこうを人が通っていく気配がし、反射的に動きを止めた。ドアの隙間から覗けば、廊下を歩いていくのは暮林と桐子で、どうやらフロアの端にある喫煙所へ行くところのようだ。

悟は音をたてずに廊下へと身を滑らせ、十分な距離をおいて二人の後を追った。罪悪感があったけれど、暮林の不機嫌の理由が聞けるかもしれないと思い、階段の陰からひそかに様子をうかがった。

「何？　総さん、疲れてるの？」

桐子は暮林とともにソファに坐ると、火をせがむように煙草を差し出した。その仕草が悟には不快に映るものの、暮林は紳士的な態度でライターで火をつけてやる。

「なんでだ」

暮林は自分も煙草をくわえたまま、くぐもった声で問う。

「なんだか元気ないじゃない」

暮林が明らかに不愉快な表情をしているにもかかわらず、桐子はまったくものおじしない。東大の一年後輩だという話だから、暮林との付き合いの長さは森尾どころではないのだろう。

片岡桐子は暮林ほどではないにせよ、北相建設の女子社員のなかでは最も対外的に名前が通っている。すらりと背の高い華やかな美人なのは勿論だが、設計士としての腕もよく、特にインテリアとの調和を計ったデザインで名高い。

ただし女を武器にクライアントをたらしこむとか、マスコミが注目しそうな派手な仕事ばかりやりたがるとか、多分に妬《ねた》みの含まれた社内の風評はかんばしくなかった。

「別に、いつもどおりだ」

暮林は怒ったように言い、まずそうに煙を吐くのがため息のようだ。

そんな所作もさまになると、眼を奪われている悟は、我ながら完全にバカだった。

「それより表参道のブランドビル、どうなんだ、やれそうか」

休日出勤の、それも煙草休憩だというのに、暮林はこんなときでもまずは仕事の話らしい。隣の桐子へと顔を横向け、煙草をつまんで尋ねる。

「めずらしいじゃない、総さんが助けを求めてくるなんて」

「クライアントの好みが、桐子のほうが近そうだってだけだ」

「てこずってるの？」

桐子の楽しげな様子がおもしろくないのか、暮林は煙草をくゆらせるだけで答えない。

「いいわよ、お手伝いしましょう」

桐子は笑みを浮かべ、その眼に野心的な光が射した。

「その代わり、ちょっとくらいごほうびちょうだいよ」

「お前、また何か買わせるつもり――」

言いかけた暮林の言葉を遮るように、桐子は細い首を突き出し、彼が煙草を口から離した隙に、流れるように唇を重ねた。

「……っ」

階段際の、壁の陰から覗いていた悟は、あやうく声を上げそうになって、必死に奥歯を嚙みしめてのみこんだ。胸を突かれたように、急激に鼓動が速まって肋骨《ろっこつ》に響く。心臓が一気に縮まって苦しく、束の間、息ができなくなる。

桐子のいたずらっぽいキスはふれるだけで終わったけれど、悟の動悸は治まるどころかひどくなる一方だった。

二人は付き合ってるんじゃないかと、薄々感づいていたのに、実際に眼にしてショックを受けている自分がいる。血が下がって手が震え、背筋が凍《こご》えて足下が揺らぐ。この場を立ち去りたいのに動けず、壁に手をついて体を支える。

「お前――すんなよ、会社で」

暮林が咎《とが》めるように言うが軽口にすぎず、本気で怒っていないのは明らかだ。慣れた仕草で唇をつらせ、再び煙草をくわえる。

それで悟には、もうわかってしまった。

暮林が、好きだ。

尊敬とかあこがれとか、人間性に惹《ひ》かれているとかじゃない。彼に近づきたい、さわりたいさわられたい――キス、したい。桐子みたいに、いいや、もっと強く深く。

今、彼に口づけたら、煙草の味がするだろう。熱い舌に瞬間、きっと刺すような刺激が走る。舌をからめているうちに唾液《だえき》が入りまじり、煙草の味にも匂いにもなじんで、とけてしまいそうな気分になるに違いない。

冷えきった指先が、熱を保って脈打ち始める。乞《こ》うように舌と唇が疼《うず》き、物欲しげに唾液を飲み下す。

「な――」

想像しただけで、恥ずかしいくらい背筋が痺《しび》れている。もう暮林も桐子も見ていられず、壁伝いにさがって唇を嚙みしめた。

暮林に抱きしめられる妄想は、なんのことはない、無意識の願望にすぎなかったのだ。

「だって……男、だろ」

暮林も自分もと、思ったところで胸の痛みは変わらず、悟は認めたくないように眼をつぶり、喉をつまらせてしゃがみこんだ。

翌日は、さすがに暮林と顔を合わせづらかった。

「おはようございます」

挨拶してすぐにパソコンを立ち上げ、書きかけの図面を開いて続きにかかった。

暮林は新しいデザインに入っているらしく、書類仕事と交互にスケッチブックに鉛筆を走らせていて、悟の製図の具合を覗きに来る様子はない。

「お電話替わりました、暮林です。はい、お世話になっております――」

それでも切れぎれに聞こえてくる電話の声や部下への指示に、胸がざわめいた。暮林が部屋を横切って出て行く際、悟のすぐ後ろを通っていき、肌でその気配を感じて掌が変にほてった。

「井川」

朝から落ち着かない時間をすごしていた悟は、午後に暮林から呼びつけられ、肩がはねたみたいに立ち上がった。

「はい…っ」

上ずった声が出て、室長席へと歩いていく間に鼓動が速くなる。暮林を好きだと、気づいたらもう、昨日とは違う自分になっていて、反射的に身構えてしまう。

暮林のデザインは下絵の段階らしく、悟がデスクの前に立っても手を止めない。スケッチブックを抱えて粗い線を引いている。

「今やってる図面が一段落ついたら総務に行って——」

言いながら暮林はエスキースから目線を上げ、悟を見やって訝しげに眉をひそめた。

「なんだ、具合でも悪いのか」

「そ…っんなこと、ないです」

昨夜よく眠れなかったのは事実だけれど、顔色に表れるほどではないだろう。

悟が作り笑いでごまかそうとしたのは逆効果で、暮林には余計にぎこちなく映ったらしい。

「ならなんでお前、そんな固くなって顔こわばらせて——」

暮林は問いかけた半ばで、自らその理由に思いあたったようだった。眉根を寄せ、スケッチブックをデスクにおいて、整った顔を苦いように顰らせる。

「昨日、お茶くみのことできつく言ったこと気にしてんのか?」

「ち、違います」

予想外のことに言及され、悟は本心から首を振って否定する。

正直、叱《しか》られた件に関しては、暮林への想いに気づいた時点で忘却の彼方《かなた》に消え去っていた。

「あれくらいでビクつくな」

しかし暮林は、悟の不自然な態度の原因を決めてかかっている。椅子から腰を上げこそしないものの、デスクに手をつき、厳しい口調で諭《さと》すように言う。

「仕事している以上、この先、上司なり取り引き先なりに責められることなんかいくらでもあるんだ。いちいち萎縮《いしゅく》してたらやってけないだろう」

「わかってます」

ミスして怒られるのは、自分の責任だから当然だ。仕事をしていたら、理不尽に頭を下げなくてはならないこともあるだろう。そんなのは覚悟してる。

悟は神妙にうなずきながら、ひそかに拳《こぶし》を握りしめている。掌にくいこむ爪の痛みで、平静を保とうとする。

胸の重苦しさは、喉がつまったような閉塞《へいそく》感は、別のところに端を発している。

暮林にこの気持ちを知られて、嫌われてしまうのがこわいのだ。

「それで、総務でなんの用ですか？」

悟は拳を固めたまま、憂鬱《ゆううつ》を拭い去るように、あえて明るく尋ねた。

「あぁ、プリンターの用紙が切れたんだ。A１のコピー紙とA２のカラーレーザー用紙、束でもらってきてくれ」

「わかりました」

大丈夫だ、と思う。暮林の前でも、ちゃんと普通にふるまえる。想いを気取《けど》られることがなければ、仕事をしている間は近くにいられる。

悟は巨大な用紙を両手で抱えてきて、事務の山本の手を借りて大型プリンターに補給した。自分の

席へと戻る途中、暮林の前を通りかかって、

「井川、明日は学校は？」

再び暮林に声をかけられて心臓がはねた。

「ありません。夏休み前なんで、休講が多いんです」

悟が立ち止まって答えるのに、暮林が薄い笑みを浮かべて言った。

「じゃあ今日の夜、メシ食いに行こう」

「え……っ」

なんで急にと、悟は面食らって声を洩らす。誘いを実感するまでに数秒かかり、徐々に鼓動が高鳴ってうれしさがこみあげてきた。色白のせいで顔に出やすいから、頬に朱《しゅ》がさしたかもしれない。

そんなにふさいで見えたのだろうかと、反省する一方、暮林の誤解に感謝する。

だが悟のほうこそ早合点だとは、すぐに知れた。

「ちゃんと予約してんだろうな。誰だ、店選んだのは？」

暮林が他の社員に向けて問い、若手設計士の一人が手を挙げて立ち上がった。

「俺でーす、さっき電話で確認しました。奥のテーブル用意してくれてるそうです」

察するに、第六設計室の飲み会が予定されていて、そこにバイトの悟を呼んでくれたということなのだ。

「なんだ……」

悟はうつむき、自嘲の笑みに喉を震わせて呟く。うかれた分、落胆も激しく、体温が下がるのが感

じられ、空調の吹き出し口から流れてくる冷風に鳥肌が立った。

なんで一瞬でも、暮林が自分だけを誘ってくれたなんて考えたんだろう。

悟はうなだれて自分の席に腰を落とし、奥歯を噛みしめて眼をつぶった。

決まってる、暮林の特別になりたいと思ってるからだ。自分に都合よく解釈して勝手に舞い上がって、挙げ句に落ち込むなんて、不様にもほどがある。

かなわない願いに振り回されている。

「ラッキーね。ほんとは井川くんがうちに来る前にやってるはずだったから」

山本が世話焼きおばさんのように肩を叩いて説明してくれたところによると、夏のボーナス支給時に、暮林が設計室の部下達におごる約束をしていたという。とはいえ暮林以下、各チームとも忙しく、延期になっていたのが今日、ようやく実現することになった次第だった。

今日ばかりは全員揃って定時で仕事を切り上げ、予約を入れていた店に向かった。会社の近所にあるトラットリアで、二十人以上で押しかけると、店の奥半分が貸し切り状態になった。

「お前はこっち」

大テーブル二つに分かれる際、悟は暮林に襟首をつままれて、向かいの席に坐らされた。暮林にさわられたところがざわざわして、そばにいるのが落ち着かない。

「面倒な話は聞きたくないだろうから、とりあえず乾杯だ。よく働いてよく食ってくれ」

「はい、カンパーイ」

暮林が形だけの挨拶をしたところで、とりあえず全員がビールで乾杯をした。悟はあまり酒が得意ではなく、特にビールの苦みをおいしいと思えないので、口をつけるだけにしておく。

それよりも次々と大皿でテーブルに運ばれてくる料理、生ハムと鶏《とり》レバーのパテに茄子《なす》とモッツァレラチーズのオーブン焼き、ロメインレタスのシーザーサラダ、鯛《たい》のカルパッチョと、どれもおいしそうで食欲をそそられる。

「とりあえず食おうぜ。悟ちゃんも腹へったろ？」

「……なんでお前がここにいるんだ」

暮林が冷たい視線で見やった先、つまり悟の隣には、ちゃっかりと森尾が腰をすえて飲み始めていた。

「暮林室長がおごってくれるっていうから、参加しないわけにはいかんでしょう」

「よその奴まで呼んでねぇ」

暮林は帰れと、追い払うように甲を向けて手を振ったものの、本気ではないだろう。

「さんざん世話になってる奴の台詞か、この俺に」

森尾も平然と受け流し、メニューを片手に追加オーダーに遠慮がない。

「すみませーん、鴨《かも》の石焼きとムール貝のガーリックソテー、あと茸《きのこ》と海藻《かいそう》のサラダお願いします」

悟は飲めない分、ありがたくご相伴《しょうばん》にあずかり、黙々と食べた。その間にもテーブルは盛り上がり、同席の人達も自由に注文しまくっている。

「室長、ワイン頼んでいいですか、ワインッ」

こんなときだけ姓ではなく室長呼ばわりなのは、この店を予約したという若い社員だった。

「明日に響かない程度にしとけよ」

暮林のお許しが出た途端、勇んで立ち上がって声を上げる。

「やったー、ヴォーヌ・ロマネの蔵出しっ」

「ジョゼフ・ドルーアン飲みたいです」

「シャンパン、ルイ・ロデレールあるって書いてある」

言い出しっぺに触発され、他の部下達もこぞっておねだりを始め、暮林を苦笑させた。

「あぁもう、好きにしろ」

二十数人の食事と飲み代だってけっこうな額になるだろうに、高いワインをばんばん頼んだ結果がいくらになるんだか、悟は考えるのもこわかった。

みんなが遠慮せず、かつ暮林も気にしていない様子からすると、彼の稼ぎは悟の想像をはるかに超えているのだろう。

「悟ちゃん、飲めんだろ?」

食べてばかりの悟を気遣ってか、森尾がワインのボトルをとり上げて差し出してきたが、悟は小さく頭を下げて辞退した。

「あんまり、です。アルコールの味が強いのはちょっと」

「じゃあカクテル頼めよ。フルーツベースのとか」

そうまで言われると断るのが悪い気がし、素面《しらふ》の人間がまざっているのも雰囲気を壊しそうで、カシスソーダを頼んだ。

「飲みやすいですね」

適度な甘みが口あたりをよくし、ソフトドリンクのような感覚で飲めた。

森尾は酒が入っていつにも増して陽気になっており、グラスを空にした悟にまたも勧《すす》めた。

「もう一杯いけよ、グレープフルーツサワーどうだ？」

「あ、じゃあそれで」

ところが新たなグラスが届けられると、それまで黙って見守っていた暮林が、不機嫌そうに森尾に告げた。

「学生なんだからあんまり飲ますなよ」

悟のためを思って言ってくれてるのはわかっているのに、暮林の言い方は、子供扱いされてるみたいでおもしろくない。

「大丈夫です。それにもう、一期はほとんど講義ないんで」

サワーのグラスを引き寄せる悟に、森尾もうなずいている。

「そうそう。学生ったって未成年じゃないんだろ」

「勿論。三年ですから」

もうじき、この月末には今年の誕生日を迎えて二一歳になる。

炭酸とグレープフルーツの酸味にアルコールがまぎれ、悟はサラダやニョッキを食べる合間に二杯めも飲み干した。向かいの暮林はうかない表情だったが、不粋《ぶすい》なことはすまいと思っているようで、それ以上は言ってこなかった。

代わりに暮林は、口をつぐむ材料みたいに煙草を出してきた。

「煙草いいか？」

「あ……はい、どうぞ」

暮林はわざわざ断ってから煙草をくわえる。宴席で煙草なんてあたりまえなのに、心配りをしてくれるのがありがたく、悟はテーブルの灰皿をその手元へと差し出した。

「どうもな」

ライターをとり出して煙草に火をつけ、蓋《ふた》をしてテーブルにおく、暮林は一連の動作がなめらかできれいだった。テーブルに肘《ひじ》をのせ、自信をたたえたような唇から細く煙を吐く。

暮林の、煙草を挟んだ指の長さや、手の甲から手首にかけての骨ばった線にも、悟は眼を奪われている。

「何見てんだ」

よっぽど真剣に見つめていたのか、暮林が不審そうに尋ねてきた。

「え…っ、あの、いいライターだと思って」

悟は言い訳のように口にしたものの、アンティークらしき銀のライターは実際に暮林に似合っていた。表面を燻《いぶ》したような加工がされていて、くぼみのその黒が重厚な印象を与えている。

「あぁ――いいだろ、俺も気に入ってる」

暮林はテーブルからライターをとり上げ、ほめ言葉を素直に受けとめた。口元をほころばせ、眼を細めて悟に笑いかける。

うわぁ…っ。

心臓が締めつけられたみたいに縮んで、でも不快ではない。むしろ気持ちいいくらいで、そのくせまぶしいように、暮林をまっすぐ見返せない。

「…っ高そうですね」

内心の揺れをごまかそうと口を開き、悟はうっかり俗っぽいことを訊いてしまうが、暮林は気を悪くしたふうではなかった。

「高かった——てか、足元見られてな」

暮林は眉をしかめながらも、声音はどこか楽しげだった。

「北青山《きたあおやま》の骨董屋《こっとう》で一目惚《ひとめぼ》れしたんだよ。それがもろ顔に出たみたいで、店主の爺《じい》さん、全然値引き交渉に乗ってこなかったな」

煙草を一口吸い、続きを話す暮林はいつもより気安く、罪作りに悟の胸を騒がせた。

「駄目なんだ、俺。ほしいと思ったものは絶対、手に入れないと気がすまないから。我慢きかねぇんだよ」

「子供とおんなじだな」

早くも酔ったような森尾のからかいに、暮林もわかってると言いたげに返す。

「うるせぇよ」

ささやかでも暮林の私的な話が聞けたのがうれしくて、悟は笑みをたたえ、返事を期待せずに呟いた。

「でも、暮林さんに合ってますよ」

その小声の気配を感じたのか、森尾が顔を横向けて話しかけてきた。

「悟ちゃんはもう夏休みか」

「ほとんどそうですね」

出校日はあと二日、それも授業は一コマずつしかない。

「じゃあ、バイトの時間増やせるな。手が空いたら俺のほうも手伝ってくれよ」

アルコールが森尾の舌をなめらかにしているようで、そんな社交辞令みたいなことまで言ってくれた。

「手伝うって、俺が構造設計室でやれることなんかあるんですか」

「いくらでもあるって。悟ちゃん、もうＦＳＳ使えんだろ？」

話が具体的になってきて、どうやら人手不足は本当らしい。

「一応、ひととおりは——」

悟がためらいがちに答えかけたところで、暮林が割って入った。

「こいつに暇なんかあるか」

暮林は口の端に煙草をくわえ、フィルターを噛んでるみたいに唇を歪《ゆが》めて森尾を睨んでいる。切れ長の眦《まなじり》がますますつり上がり、普段は人あたりのいい目元に険が走る。

「あの、別に本気で言ってるわけじゃ——」

「井川は黙ってろ」

当事者の悟を、口を挟むなと言わんばかりに遮り、暮林はあからさまに不愉快そうだ。なごやかな空気が急激に冷えて表情が一変し、眉も鼻筋も直線的に端正な顔が怒りをたたえているのは並々ならぬ迫力で、悟はすくみ上がって声をのむしかなかった。

「うちの見習いに余計な仕事増やすな」

理由は定かではないが、森尾の勧誘が暮林の癇《かん》に障《さわ》ったのは確からしく、テーブルごしに刺すような視線をそそいでいる。

「こわいねぇ」

しかし小心者の悟と違い、森尾はさすが、暮林の気性に慣れているようで、余裕の笑みを浮かべて肩をすくめた。

「熱くなるなよ。もし時間ができたらって言っただろ」

「その場合は新しいことを覚えてもらう」

「子飼いにする気かよ」

森尾は非難がましく言い、大げさに片眉を上げて茶化すように顎を突き出した。

「了見の狭い男なんて、器《うつわ》が知れるぞ」

「余計な――」

暮林が身を乗り出そうとしたのを察して、森尾は自分から立ち上がった。

「悟ちゃん、小うるさい男のことなんかかまわず、その気になったらいつでも来いよ」

森尾は引き際も見事で、トイレにでも行くのか、悟の背中を叩いてテーブルから離れる。困ったのは残された悟のほうで、暮林の視線が痛かった。

「いちいち森尾の言うこと真に受けるなよ」

「は…い、俺が設計部で働けるのは暮林さんのおかげだってわかってます」

自分が勝手に返事をしようとしたから怒らせたのだろうと、悟が反省と謝意を込めて頭を下げると、

「そうじゃなくて」

暮林は悔しげに唇をつらせた。思うように伝えられないのがもどかしいように、ため息めいて煙を吐き、煙草でふさがっていないほうの手を伸ばしてくる。長い腕がテーブルを越え、悟の髪を無造作に掴む。

「……っ」

「お前は人がよさそうだから、いいように使われるなって言ってんだよ」

悟はまず驚いて、気遣うような言葉より、暮林の手の感触に感じ入ってしまう。大きな掌が額《ひたい》にふれて、そのぬくもりが肌からしみるようだと思う。

「はい――」

悟が暮林の体温に酔い、心地よさげに瞼を伏せると、聞き覚えのある声が背後から降ってきて悟の目を覚まさせた。

「あぁ、やっぱりここだった」

振り返れば桐子が満面の笑顔で立っていて、ヒールの足どりも軽く歩いてくる。暮林の手が、瞬時に引っ込められてしまったのが惜しい。

「飲み会あるなら誘ってよ」

「お前はよその設計室だろうが」

暮林のつれない台詞にもかまわず、桐子は断りもなく森尾が坐っていた椅子を摑み、暮林の隣に引きずっていく。

「今日、お昼も食べる時間なかったのよ。お腹《なか》すいたー」

第六設計室の社員達は慣れているのか、はたまた隣の設計室のよしみなのか、当然のようにまざってくる桐子を咎める様子はまったくない。無論、暮林も普段と変わらぬ態度で接している。

「何がおいしかった？　あ、ワイン飲みたい」

「好きに頼めよ」

気心が知れている関係なのは傍目《はため》にもよくわかり、悟は奥歯を嚙みしめた。刹那《せつな》の幸福感は霧散し、とがった爪に心臓を締めつけられている。

寄りそう二人の姿を見ていたくなくて、悟は席を立った。ひとまずトイレにでもと、目線を泳がせて、壁際のテーブルに森尾の姿を見つけた。小さなテーブルで一人、酔いざましのように煙草を吹かしている彼のところへ、悟は行き場なく寄っていく。

「なんだ、悟ちゃん、桐子女史に追ん出されたのか」

「違いますよ。邪魔したら悪いかと思って」

「そこまで気配ってやる必要もないだろうに。ま、何か頼めよ、どうせ払いは暮林だ」

森尾に向かいの椅子を示され、悟は言われるままに腰を下ろした。

「じゃあギムレットを」

「俺はロックで」

カクテルとはいえ一晩で三杯というのは、悟にしては飲みすぎだったが、暮林と桐子が気になって味なんかわからなかった。ちびちびとグラスを舐《な》めながらも、どうしても二人のほうへ眼が行ってしまう。

「どうかしたのか?」

その様子がよほどわかりやすかったのだろう、森尾が怪訝《けげん》そうに暮林達へと眼を向けたので、悟はとりつくろうように言う。

「お似合いですね」

「んー、釣り合いはとれてるよな」

森尾の言うとおり、桐子は背が高く見映えのする美人だし、暮林と同じ東大の院卒、設計士としての経歴も華々しい。条件を見ても、暮林と並んで遜色《そんしょく》ない。

誰が見てもそうなのかと、悟は自虐《じぎゃく》的な気分で尋ねる。

「北相って、社内結婚ＯＫなんですか」

「結婚って……暮林と片岡さんがか?」

森尾は眼を丸くし、短くなった煙草を灰皿に押しつけて首をかしげた。

「するかねぇ、あそこが」

「あの二人、付き合ってるんじゃないんですか」

「違うだろーっ。学生のころだか、一時期そういう仲だったってのは聞いてるけど」

その情報を喜ぶべきなのか、判断に迷うところだった。

「今は違うんですか」

「インテリアプランナーの資格試験も一緒に受けてたから、親しいは親しいんだろうな」

森尾の意見はどうあれ、暮林と桐子が平気でキスできる程度の間柄なのは、悟自身がこの眼で確かめて知っている。

「暮林はともかく、桐子女史のほうはその気あるかもな」

森尾がほのめかしているのは引き続き結婚のことで、桐子の言動からそうと予想はしていたものの、こわいように心臓が縮んだ。

「そう…なんです、か？」

「暮林はほら、結婚相手としては社内一番人気だろ。桐子女史は奴の近いとこにいるから、かなり女子社員の反感買ってると見たね」

「ははは、気の毒に」

悟は話を合わせて笑いつつも、その声は空疎《くうそ》だった。口先だけの同情が嘘だと、自分が一番知っている。

気の毒どころか、逆に悟は桐子が羨ましい。どれだけ妬まれたって人に敵意をあらわにされたって、暮林と対等に付き合えて、周囲にも認められている。

悟が絶対に手に入れられないものをいくつも持っている。

「もしかして悟ちゃん、桐子女史みたいのが好みなのか」

しょげた悟を誤解したらしく、森尾がずれた発言をかましてくれたのには苦笑した。

「違いますよ」

この状況なら、普通はそう思うだろう。同性の暮林を想ってるよりよっぽど自然だ。

「元気出せよ。年上好みなら、今度合コンやるときは呼んでやるから。悟ちゃん、かわいいってお姉様方の評判いいぞ」

森尾の慰めはお門違《かどちが》いだったけれど、気持ちはありがたかった。

「そうですね、機会があったらお願いします」

「暮林をエサにできたら、秘書課のきれいどころも集められんだけど」

そういう森尾自身だって十分、社内の女性票を集めているのだが。

悟は景気づけのようにグラスを掴み、舐めるだけだったギムレットの残りを一気に飲み干した。口あたりがいいせいで流し込んでしまったが、思ったよりジンが強く、ライムの酸味が鼻にきてむせた。

「う……っ」

「あら、大丈夫か」

悟は鼻と口を押さえ、前のめりに咳《せ》き込む。気管に入ったようでなかなか咳《せき》が治まらず、背中を波打たせて涙目になった。森尾が見かねたふうに腰を上げ、テーブルを回り込んで悟のかたわらに立つ。

森尾は悟の様子をうかがいながら、なだめるように背中を撫でてくれた。知ってる人の掌のあたたかさが、子供に戻ったみたいで悟を安心させた。カクテルのせいか、耳元がほてって気持ちいい。

「——…」

こんなときなのに、改めて思い知らされている。同じ大人の男でも、森尾は暮林とは違う。胸がつまったりどうしていいかわからなくなったり、そんなふうにどきどきしない。暮林がふれたときの、束の間のせつないような陶酔感もない。

森尾の掌は、悟にとってただの体温だ。森尾だけでなく他の誰もがそう——暮林だけが違う。

「顔も赤いな。色白だから首まで真っ赤だ」

悟の呼吸がようやく落ち着いてから、森尾はその顔を覗き込む。悟が目線を上げて見返すと、もう大丈夫と思ったのだろう、彼の背中においていた手を首筋へと滑らせた。

「何やってんだ、お前っ」

その直後、いきなり怒鳴り声がして、森尾の肩を強く摑む手があった。

悟が驚いて顔を上げれば、暮林が険しい形相《ぎょうそう》で立っていて、森尾を荒っぽく押しのける。眦が切れ上がり、唇がつれて、感情を抑えているように拳の関節が白い。

どうやら暮林は、悟の不調を察して駆け寄ってきたらしい。生理的な涙で霞《かす》む悟の眼に、蹴りやった椅子と呆気《あっけ》にとられたような桐子が映っていた。

「何って、悟ちゃんが具合悪いみたいだから、様子見てたんだよ」

突き飛ばされた森尾は、怒りよりも戸惑いのほうが勝っているようで、何事だとさぐるように暮林を見返す。

一方、暮林は勢いで動いたのを謝るどころか、悟の紅潮した顔と潤《うる》んだ眼に盛大に眉をしかめた。

それでも悟を責めてくれればまだいいものを、非難は森尾に向けられている。

「この顔——どう見たって飲ませすぎだ。学生だってわかってるのか」

暮林は森尾の腕をはねのけ、悟の肩に手をかける。ビクッと、悟は身をこわばらせてしまったが暮林はかまわず、背後から抱え込むようにして彼を立たせる。

「悟、まず顔洗え」

「は…い——」

急に立ち上がったため、アルコールが回って目眩《めまい》がする。膝《ひざ》が折れそうになり、テーブルにつこうと伸ばした手を、暮林が握りとって胸元へと引き寄せた。血が下がる感覚があり、暮林が支えてくれなければ倒れてしまっていたかもしれない。

「……」

暗い霧がかかったような眼を伏せ、悟は耳に心地よい暮林の声を反芻する。

……悟って呼ばれた。

暮林も取り乱していたに違いなく、森尾につられてつい口にしてしまったのだろう。

「おい、歩けるか」

「もう平気、です」

悟が自分で足を踏み出しても、暮林にはあぶなっかしく映ったのか、背中ごと抱えるように腕を回されたままだった。

肩から背中から、暮林のぬくもりが伝わってくる。動悸のように鼓動が乱れ、血のめぐりが速くなるのが始末に負えない。嗅《か》ぎ慣れた煙草の匂いと、彼の首筋からトワレが薄くただよい、体の芯が熱くなる。

こんなときなのに、彼を身近に感じて泣きたいような気持ちになっている。

店のトイレはひどく奥まっており、細い通路の先に重たいドアが控えていた。暮林がドアを開けてくれ、悟は振り切るように一人でトイレのなかに滑り込んだ。

「何やってんだ、俺――」

暮林の親切に、一人で気を高ぶらせている。あれくらいやりすごせないようでは、彼の下で仕事なんかできない。

洗面台の蛇口をひねり、流れ出る水を掌に受ける。酒ではなく暮林にのぼせ上がった頭を冷やそうと、思いきり顔に水をかぶった。肌に残る暮林の余韻《よいん》を消したいように、首を振って顔を上げる。

前髪の先から落ちる雫《しずく》を払い、腕で顔を拭って鏡を睨みつける。白い肌には名残のように朱がさしていて、しっかりしろと、声に出さずに自分に言い聞かせる。

悟がため息をついてトイレから出て行くと、意外にも暮林がドアの外で待っていた。一瞬、喉に声がつかえたものの、無理にでも口を開く。

「どうもすみません。みっともないとこお見せして」

トイレの前の通路は狭く、暮林に立ちふさがれていては通れない。店内の喧騒《けんそう》から離れ、人気《ひとけ》なく静まり返っているのが悟にはいたたまれなく、決まり悪いのをごまかすように力なく笑う。

それなのに暮林は、悟の気も知らずに背をかがめ、その湿った前髪をかき上げて覗き込んでくるのだ。

「ほんとに大丈夫か、お前」

「……っ」

額がふれんばかりに顔を寄せられ、その間近さに息が止まりそうだった。

暮林の瞳は透き通るようでいて、力に満ちてあたたかい。視線をからめとられ、悟は浮遊感すら覚えている。

心臓が痛いくらい脈打ち、肋骨の内側で響いている。鼻先にある暮林の唇から眼が離せない。ほんの少し顎を傾ければふれられる距離で、誘惑に眼がくらむ。

今ならきっと、暮林の唇は煙草とワインの味がするだろう。舌は燃えるように熱く、唾液に濡《ぬ》れて悟を痺れさせる。

「あ――」

どうしてなのか暮林も、時間を忘れたように悟を見つめている。顔が重なりかけている不自然さに気づかないはずがないのに、あえて身を起こさず、かすかに唇を開く。

キスの前兆みたいだと、思ったらもう見ていられなくて、悟は睫毛を震わせて眼を伏せた。

しかし口元に熱っぽい吐息を感じ、心臓が壊れそうだと思った瞬間、乱暴な足音が静寂を破った。

暮林が我に返ったふうに顔を上げ、悟とともに眼をやれば、ほろ酔い加減の中年男がトイレにやってくるところだった。

「はい、ごめんなさいよー」

中年がすれ違ってトイレに消え、後には気まずい空気がたちこめる。暮林が深く息をつき、悟の額から手を下ろすのが、突き放されたみたいで寂しかった。

「さっきより随分マシな顔色になったじゃないか」

「はい、おかげさまで」

いったい何を期待したんだろう。

平静を装いながらも悟は、情けなくて鼻の付け根がじんと熱くなる。心配してもらったのに、暮林の好意に酔って不埒なことを考えてしまった。物欲しげな自分が恥ずかしく、彼から顔をそむけるようにうつむいた。

「俺も――酔ったかな…」

暮林も、悟にふれていた手を自分の額にあて、困惑げに呟いたが、少なくとも顔には全然出ていなかった。

「どうも、すみません……」

暮林に申し訳なく、自分に嫌気がさして、悟は悄然《しょうぜん》と通路を歩いていく。早く暮林から離れたくて、森尾のテーブルに行こうとすると、背後から二の腕を摑まれた。

「お前、今日はもう帰れ」

暮林の表情は厳しく、何か考え込んでいる様子で、とても逆らえる雰囲気ではない。

「じゃあ、みなさんに挨拶して――」

悟がそう言ってうなずいたのに、暮林は彼の腕を捕えたまま離さず、半ば引きずるようにして出口へと連れていった。

「みんな酔ってるし、誰も聞いちゃいない。いいから帰れ」

暮林は表情を曇らせており、その原因が自分にあると思うと暗い気分になる。自分の酒量もわきまえずに飲んだと、あきれられたのだろう。

けれど暮林は悟を店の外まで送ってくれた上、タクシーをつかまえた。運転手にタクシーチケットを渡し、別れぎわに悟の頭に手をのせる。

「気をつけて帰れよ」

「はい……お世話かけてすみません。ありがとうございます」

頭を撫でる暮林の手つきはやさしく、悟はやりきれなくて、あわただしくタクシーに乗り込んだ。見送ってくれる暮林に窓ごしに手を振り、その姿が見えなくなった途端、涙がこみあげてきた。

暮林の配慮は、あくまでバイトの学生相手のものだ。桐子と付き合っていようといまいと関係ない、彼が悟のものにならないことには変わりないのだから。

「もう——……っ」

悟はタクシーの後部座席で身を縮め、涙を押しとどめるように眼をつぶる。胸が焼けるように疼き、喉をふさがれて息ができない。

苦しくて、暮林のことを考えるとつらいばっかりで、好きにならなければよかったと、何度も何度も思った。

学校が休みになると、毎日のように朝から暮林と顔を合わせることになった。

「休みなら毎日、出てこられるな。その分、仕事進めてくれ」

暮林の一言で、悟は週五日、社員と同じシフトで働くようになっている。

暮林はその立場上、外出が多かったけれど、一日に何度か声をかけてくれた。

「慣れてきたな。随分、進みが速くなったじゃないか」

「はい――」

モニターを肩ごしに覗き込まれたり、顔を寄せ合って図面をチェックしたり、そんなささやかなことで胸がざわめいて呼吸が乱れた。血のめぐりが速まり、自分の脈拍をうるさく思いながら、

「この調子で続けてくれ。ただし、がんばりすぎて無理はするなよ」

何気なく肩を叩いてきた暮林の手の感触を噛みしめて、再び作業に戻る日々だった。

できるだけ、暮林には近づかないように。同じ部屋で働けて、仕事を見てもらえるだけで満足していられるように。

そんなふうに心がけ、黙々とパソコンに向かう日が一週間も続いただろうか、

「井川、それ終わったら外出だ、ついてこい」

昼休みの後、暮林に命じられて中規模ビルの工事現場へ行くことになった。

「実際に、ビルが出来上がる工程を見とくのもいいだろ」

「そうですね……」

悟にいろいろ教えようとしてくれているのはありがたいものの、二人きりの外出を喜んでいいのか困るべきなのか、戸惑って語尾が濁る。

地下駐車場に降り、暮林がドアを開けたのはスポーツタイプのジャガーで、外車自体に乗り慣れていない悟は、助手席で緊張しっぱなしだった。

「このへん、車停めるとこ少なくて不便なんだよなぁ」

「そ…っそうですねっ」

明治《めいじ》通りを走りながら、暮林が洩らした呟きに、よく知りもしないまま答えて声が甲高《かんだか》く裏返った。

空いている駐車場を見つけて車を停め、建設現場へは歩いていった。七月も半ばを過ぎ、陽射しの強さもさることながら、アスファルトの照り返しや道路沿いの排気ガスで、じっとりとした熱気が絡みついてくるようだ。

悟が額の汗を手の甲で拭いながら隣をうかがうと、スーツの暮林は無表情ながら耐えるように唇を引き結んでいて、やっぱり暑いんだとわかって安心した。

彼の完璧ではない、人間くさい部分が悟を引きつける。

大型車の行き交う車輌《しゃりょう》専用口を通り過ぎ、作業員通用口からなかに入った。ビルは基礎を組み終わって躯体《くたい》工事に入っており、むきだしの鉄骨に渡された足場の上を、作業員達が慣れた足どりで歩いている。

「暮林さん、すみません」

現場の奥に建てられたプレハブから走ってきたのは、小柄な年配の男だった。彼がこの工事の主任らしく、年季の入ったベージュの作業服はあちこちにしみがあった。

「お疲れ様です」

暮林は挨拶の際に悟の肩を引き寄せ、

「アルバイトの井川です。設計士志望なんで、現場を見ておくのも勉強になるだろうと思いまして」

悟を紹介してくれた。よろしくお願いしますと、悟はあわてて言って頭を下げる。

「おぉ、うちにもお前みたいな若いのいっぱい働いてるぞ」

主任は悟を歓迎するように笑ったが、暮林と同行していたおかげかもしれない。

事業本部の主任と部署は違えど、暮林の名前は今や会社を代表するものであり、ましてやこのビルの設計監理者なのだ。若造だと軽く見られるわけがない。

しかし紹介してもらった後、悟ができるのは邪魔にならないよう、暮林と主任についていくことだけだった。建設中のビルに向かう二人の後ろについて、工事の騒音のなかでその会話に聞き耳を立てる。

「遅れてますね」

設計監理者は各工程で進行をチェックする義務がある。

「支持地盤が思ったより深かったですからね。杭《くい》打つのが大変で」

「行政《ぎょうせい》の配筋検査は通ったんでしょう?」

「そっちは森尾さんが。一部、補強の指示があったんで、見てもらえますか」

暮林は主任に促されて足を踏み出してから、悟を振り返って言いおいた。

「ちょっと待っててくれ。見て回ってもいいが、頭上も足下もあぶないから気をつけろよ」

「はい、わかりました」

暮林がビニール幕のむこうへ消えて見えなくなり、悟は息をついて周囲を見回した。知識や技術も大切だけど、現場の空気を知る機会は貴重で、暮林の心遣いに感謝した。

建設現場には、普段見慣れない大型車輌や重機が乗り入れ、あるいは運び込まれている。ミキサー車がタンクを回転させてコンクリートを攪拌《かくはん》し、タワーレーンが鉄骨の大型ブロックをつり上げる。

「ユンボ入りまーすっ」

警笛《けいてき》のようにブザーが鳴り、車輌専用口からショベルカーが入ってくる。キャタピラが砂利《じゃり》を踏む音が、クレーンワイヤーのきしみをかき消す。

「おら、ぐずぐずするなっ」

二十kgのセメント袋をいくつもかついだ若い連中が、年配の男に怒鳴られて走っていく。

いいな、と思う。紙の上だけじゃなくて、一つの物が出来上がっていく工程は、悟の気分を高揚させてくれる。物作りの楽しさは、大小を問わない。

「思ったより待たせたな。退屈したか？」

戻ってきた暮林を、悟は笑顔で迎えた。

「いいえ、全然」

主任に送られて通用口に向かい、ヘルメットを返却したところで、暮林は別れの挨拶に代わって切り出した。

「今日の作業が終わったころ、冷たいもの届くようにしてありますから」

「なんだ、ビールかい？」

この暑さだ、主任は自分の連想に眼を輝かせて尋ねる。暮林はただ笑みを浮かべ、あくまで終業後だと強調した。

「仕事を終えてもらえればわかります」

こういうとき、暮林が部下や同僚に慕われているのがよくわかる。どんな相手にも気遣いを忘れない。ご機嫌とりの不快さがないのは、彼が誰をも対等に扱うからだ。

今日のやりとりから、主任が自分の息子のような歳の暮林を信頼しているのがよくわかった。

現場の活気ある空気にふれ、悟は少し浮上できた。駐車場へ歩いていく足どりも軽くなっていたのだろう、

「随分、顔色よくなったな」

暮林が口元をほころばせて言った。

「最近、ずっと元気なかっただろ。試験で失敗でもしたのか？」

「……」

ちゃんと見ててくれたのだ。同じ部屋にいるだけのバイトの様子を、気にかけてくれているのはありがたくて、うれしい。

でも――暮林の頭にある、悟の低迷のわけなんてその程度だ。

「そんなことないです。ちょっと夏バテぎみなのかもしれません」

その答は嘘ではなく、実際に悟の食欲は落ちていた。

会社では昼にサンドイッチくらいは食べているが、朝はジュースのみ、面倒だと夜は抜く。暑さのせいだけじゃない、暮林のことを考えると胃が縮んで食べられないのだ。常に喉が狭まっているようで、物を飲み込むのに力がいる。

「夏バテねぇ……。あんまり心配させないでくれよ」

悟の返事に納得しかねているのか、暮林はさぐるように横目で見つめてきたが、追及はせずに手首の時計に眼をやった。

「まだ早いな、お茶でも飲んでいくか」

駐車場の手前で角を曲がり、暮林が向かったのは本格珈琲《コーヒー》専門店だった。

「先に入っててくれ」

店に入る直前で、暮林は隣の書店に眼をとめ、店頭に並んでいる雑誌を摑んでレジに行く。悟が一人で喫茶で席に通されてすぐ、暮林も入ってきた。

「キリマンジャロ」

「ブレンドお願いします」

注文後、しばらくたってから運ばれてきたコーヒーは、専門店だけあってなかなかいい味だった。

店内も古びた木目《もくめ》調で統一され、サイフォンから静かに雫が落ちて、コーヒーのやさしい香りがただよっている。

暮林はコーヒーを一口飲み、やや冷めてからまた確かめるようにカップを口に運んで、かすかに首をかしげた。

「まあまあだけど、お前が淹れるほうがうまいな」

前に叱ったことを気に病《や》んで、そんなふうに言ってくれてるのだろうか。

「ありがたいご意見ですけど、この店かなりおいしいほうですよ」

店主に聞こえているわけでなし、店を不当に弁護する気もないのだが、ここのコーヒーは上質の部類だった。

暮林は肩をすくめ、カップをソーサーにおいて、独り言のように言う。

「なら、俺の好みだろ」

「――……」

コーヒー一杯の話なのに、気持ちが浮き立つようなのが、我ながらバカみたいだと思う。でも仕方がない、好きっていうのはそういうことなのだ。

「うまく淹れるコツでもあるのか」

「そうですね」

ほめられたのがうれしくて、悟の舌はいつになくなめらかになっている。

「豆を直前に挽くとかお湯を完全に沸騰させないとか、いくつかありますけど、基本は時間を惜しまず丁寧に手間をかけることですね」

説明した後で、ふと思いついて付け加えようとする。

「あとは――」

「あとは？」

けれど暮林に改まって聞かれると、言葉にするのが気恥ずかしい。口ごもってごまかそうとしたものの、暮林がテーブルのむこうから促すように見つめてきて、白状するしかなくなった。

「お、おいしく飲んでもらえるといいなぁって、思いながら淹れることですか」

言ってからも羞恥《しゅうち》がこみあげ、悟は眼を伏せてうつむいた。

暮林はその答をどう思ったのか、相槌《あいづち》すらなく押し黙ってしまった。

「井川――」

「はい」

しばしの沈黙ののちに悟が顔を上げると、暮林はなぜか、困惑したような渋いような顔をしていた。

「なんでその性格で大手建設志望なんだ？」

「え――いけませんか」

話がいきなり飛躍したので、悟はすぐにはついていけない。

「そういう、相手の身に立って考えるんなら、個人宅やるほうがいいだろ。大会社にいたら、使う人間が誰かなんて知らないまま仕事するのが普通だ」

「それは、そうですけど……」

「それにお前、仕事速くて正確なわりに人がいいから、組織で働くのには向いてない。井川ならではのよさがあるんだから、能力を発揮できる場に行ったほうがいい」

「ははは、おほめいただいて光栄です」

長所をほめて伸ばしてやるのが暮林の流儀だと、もうわかっているので悟は笑って答えたが、北相建設を辞めろと言われてるみたいで、胃が収縮した心地がした。

「冗談言ってんじゃないんだ」

暮林は苛立《いらだ》ったふうに唇を歪め、スーツのポケットから煙草とライターをとり出す。悟に目線で尋ね、彼がうなずくのを待ってから、煙草をくわえて火をつけた。

「お前は物覚えが早くて作業も効率がいい。丁寧にやってるから見落としも少ない。だけど控えめな性格だから、上で使う人間によって扱いが全然変わってくる」

認めてくれているんだと、ありがたく思うと同時に、暮林の責めるような強い語調が悟を落ち着かなくさせた。

暮林は煙草を口から離し、悟を見すえて宣告のように言った。

「妙な上司にあたったら、井川、下働きに利用されて終わりだぞ」

悟自身も、そもそもは個人宅が造りたくてこの道を志したのだ。家族全員の顔を見て、意見を聞いて、みんなが満足できる家を建てられたらいいと思った。玄関入ってすぐのプレイルームとか、洗面所の壁にはめこみの水槽《すいそう》とか、そんな奇抜なデザインはいらない。住みやすいように、使いやすいような家が一番だ。

それなのに大学に入って建築科に進み、まわりに感化されて、大会社を目指すのが当然になっていた。

手段と目的が逆転している。住みよい家を建てたいという、本来の目的から離れている。

「どうせなら、アトリエ系の個人事務所に行ったほうがいいんじゃないか」

暮林の指摘は的確だからこそ、悟には重く響いた。

「小回りがきくし自由にやれるし、新人でも最初からそれなりに仕事をまかせてもらえるだろう」

悟は喫茶の椅子の上で肩を縮め、拳を握りしめている。頭のなかで、いくつもの考えが螺旋《らせん》を描いて回る。

暮林の言うとおり、個人事務所か住宅会社にでも行くのがいいのはわかっている。そのほうが、昔からの悟の夢に近い。

「でも――」

思わず口からこぼれそうになる言葉を、奥歯を嚙みしめてのみこむ。

そうなったら、暮林とまったくの他人になってしまう。こうして暮林がかまってくれるのは同じ会社のバイトだからだって、ちゃんとわかってる。もう変な勘違いはしない。

だからこそ来年、どうしても北相の入社試験に通りたい。

「俺は……っ」

悟はテーブルに手をつき、乗り出さんばかりの勢いで訴える。暮林を見返す視線も懸命に、ひたすらに言いつのる。

「どうしても北相に入りたいんです。大手じゃなくて、北相がいいんです」

そうでないと、暮林との関わりがなくなる。無事に入社できてもまず現場からで、暮林のいる設計部には近づけないだろうけど、北相にいるかぎりはすれ違う確率はゼロじゃない。

普段はおとなしい悟の気迫に押されたのだろう、暮林はそれ以上は言わなかった。形のいい唇を固く結び、言いたい台詞を必死にのみこんでいるようだった。

「まぁ、そうだな」

やがて口を開いた暮林は、忠告をはねつけられたせいか、少し寂しげに映った。

「将来のことを考えたら、北相は経営が安定してるし給料もいい。世間で名前も通ってる。キャリア積むには最適な場所かもな」

暮林は煙草を口に運び、ため息のように煙を吐き出す。物言いたげなくせにあえて口を閉ざし、まるで煙草で封じているみたいだ。

その遠いようなまなざしと自嘲げな笑みに、悟は胸を締めつけられる。

「あ――」

今、唐突に気づいてしまった。

悟は息をのみ、胸の疼きを押し殺す。膝の上で指を折り、爪を掌に突き立ててでも平静を装う。

この苦しさが、骨のきしむような痛みがずっと続くのか。暮林のそばにいるかぎり、同じ会社のなかで彼の姿を眼にするたびに。この先何年も、下手《へた》すると何十年も。

気が遠くなるような年月を、この想いを抱えたまますごすなんて。

血の気が引くのを感じ、悟は首をすくめて身震いする。店内は冷房の効きが悪いくらいなのに、凍えそうだ。椅子の下で、靴の裏側で足場が揺らぐ。世界が黒い霧に覆われ、視界が暗くなる。

「どうした」

暮林の声に肩を上げ、悟はあわてて強くまばたきした。うつろな視線を払うように首を振り、暮林の向かいで姿勢を正す。

「あっ、いえ――」

悟は他の話題を探して、テーブルにおかれた書店の紙袋に眼をとめた。

「なんの本買ったんですか？」

「あぁ、これな」

会社云々《うんぬん》の件は暮林にとっても楽しい話ではなかったらしく、すぐに紙袋を開けてくれた。苦笑いしつつ彼がとり出したのは、ブランド中心の女性誌だった。

「どうしたんですか、いきなり」

暮林にはあまりに不似合いで、不吉な予感が悟の胸をよぎる。

「片岡だよ」

不幸にも大当たりで、桐子の名前を出されただけで緊張が走った。

彼女と二人きりのときは『桐子』と名前で呼ぶくせに、その他の場ではよそよそしく名字なのが秘密めいていて、悟にはこたえる。

暮林は煙草を唇の端に挟み、空いた両手で雑誌をめくる。ジュエリー関連のページを開き、テーブルにおいて悟のほうに差し出した。

「誕生日に石のついた指輪がほしいって言われてんだよ。片岡の奴、何が『ハリー・ウィンストンかダミアーニがいいな』だ、めんどくせぇ」

「……っ」

誕生日に指輪をねだるなんて、そして男の側でも了承したということは、もう結婚に向かっていると考えて間違いない。

衝撃で一瞬、鼓動が止まるかと思った。

「そんな…こと、言ったら、かわいそうですよ。女の人、には大事なんですから」

予想していたにもかかわらず、現実感をもって迫られると、苦痛に押しつぶされそうだ。心臓を氷の刃《やいば》で貫かれたと錯覚する。痛くて、血が流れて体温が下がり、寒いように背筋が震える。

「この忙しいときに宝石屋回りたくなんかないんだよ、俺は」

悟とコーヒーを飲んでいるくせに、暮林がこぼすのは、のろけの一種だろう。

「しかも桐子の誕生日、もう来週の金曜なんだ。ゆっくり選んでる時間もない」

不注意なのか、暮林は呼び方が桐子に変わっているのに気づいていない。

だがそれよりも、悟を新たな事実が打ちのめした。

「金曜――」

来週の金曜は、悟の誕生日でもある。

悟はもはや狼狽《ろうばい》を抑えるのにも疲れ、ため息をつく気力もない。

皮肉にもほどがある。一年のなかでよりによって桐子と同じ誕生日だとは。暮林が指輪を持って桐子にプロポーズする日に、悟はただ一つ歳をとるだけだ。

悟はかじかんだような手でカップをとり、冷えきったコーヒーを口に運んだ。味なんかもうわからず、その苦みだけを噛みしめる。

小さいなぁ、と思う。自分の矮小《わいしょう》さや狭量《きょうりょう》や、何より弱さがいやになる。

たかが失恋じゃないか。それも好きだと気づいたのなんてついこの間で、最初から希望なんてなくて、だから相手に近づくとか告白するとか、振り向いてもらう努力なんか何一つしてない。嘆く権利すらないくらいなのに。

「金曜に何かあるのか」

暮林に怪訝そうに尋ねられ、悟は盛大に首を横に振った。強くまばたきして顔をほころばせると、唇が斜めに歪んだ。

「いえ」

無理にでも笑わないと、泣いてしまいそうだった。

「森尾さんが、秘書課の人達と合コンしたいって言ってたの思い出して。週末どうかなーと思っただけです」

「合コン？」

悟が思いつきで口にしただけだというのに、暮林は眉を寄せて不快そうな表情になる。フィルターを噛み、唇の端を上げて、侮《あなど》るように言う。

「そんなもん出たいのか、お前」

暮林が彼女の話をしたのだから、合コンの話題に流しても不自然ではない、はずだ。

「えー、だって美人がいっぱい来るって、森尾さんが保証してましたよ」

悟は反論するように、おどけた口調で言い返す。

半人前のうちから合コンなんて、暮林に軽蔑《けいべつ》されるかもしれないけれど、もうどうでもよかった。悟にとって、陽気にふるまうことだけが、この場を逃げ出さずにすむ唯一の方法だった。


憂鬱《ゆううつ》を押し隠し、淡々と設計室で仕事をこなしているうちに、翌週末を迎えた。

金曜日当日は、さすがに朝から気分が沈み込んでいて、枕《まくら》から頭が上がらなかった。よっぽど仮病を使って休もうかとも思ったけれど、良識に従ったというより、誕生日をベッドのなかで思い悩んですごすのがいやで、決死の覚悟で起き上がって会社に行った。

高一で初めて彼女ができて以来、悟は三人の女の子と付き合ったことがあった。お互いになんとなく好意を持っていて話しやすくて、他に相手が要るとかいう問題がなければ、いわゆる交際が始まっていた。

恋愛は気軽なものだと思い込んでいた。

モニター上の数字を追ううちに、乾いた眼が熱くなる瞬間がある。鼻の奥がつんとして、喉元にこみあげるものがあり、まばたきして飲み下すと眼の縁が湿った。

ひどく弱く、涙もろくなっている。

この恋がつらいのは、片想いだからじゃない、報われないからじゃない。悟だってこれまでにも、ふられたり彼女と別れたり、みじめな思いをしてきたつもりだからわかる。

他でもない暮林が相手だから、気持ちが強すぎて好きになりすぎていて、こんなにも苦しいのだ。

六時の終業が近くなったころ、暮林が室長席で書類をまとめ始めた。残業があたりまえの彼にしてはめずらしく、若手社員がひやかすように尋ねる。

「あれ、暮林さん、もうお帰りですか」

「今日は定時で帰るぞ、俺は」

暮林が高らかに宣言するのを聞き、悟はデスクでうつむいて唇を噛む。

暮林は桐子の誕生日を、優雅な夜を用意して祝うのだろう。食事の席で指輪を渡し、かねてから約束されていたも同然の将来を誓い合う。

考えただけで喉がつまって、悟は六時になった瞬間、製図が途中なのもかまわずファイルを閉じた。

斜めがけの2ウェイバッグを摑み、早々に帰ろうと立ち上がる。

「すみません、お先に失礼します」

ところがそのままドアへと手を伸ばしたところで、暮林に呼び止められた。

「井川」

暮林が足早に歩み寄ってきて、悟を見下ろして尋ねてきた。

「この後、暇あるか?」

「……特に予定はないですけど」

悟が訝しみつつ答えると、暮林は安堵《あんど》めいた笑みを浮かべ、小声で囁くように言った。

「メシ食いに行こう」

この会話には覚えがある。

悟は勘違いしてうかれ、そんな自分に嫌気がさしたのだ。

「またみなさんで飲み会ですか」

悟が弱った笑みで暮林を仰ぐのに、彼は悟の手首を摑んで設計室の外に引っぱった。ドアを閉め、廊下を何歩か進んで声が届かないのを確かめてから、改めて言う。

「何言ってんだ、そんなに連れてけるか。俺とお前の二人だよ」

どうして、と思うのが普通だろう。今日は桐子にとっても大事な日で、暮林は彼女と約束しているに違いないのに、なぜ自分をと、悟のなかで疑問が渦を巻く。

暮林の掌のなかで、骨の浮いた細い手首が大きく脈打つ。

「なんで俺だけ――?」

「お前、夏バテだって言ってただろ。肉食いに行くぞ」

暮林がそう言って悟から手を離したとき、すっと身を引かれたように感じた。歩き出す暮林の後を数歩遅れて追いながら、悟は指の痕《あと》がわずかに残っている手首を惜しいように撫でた。

暮林特有の気配りかと、あたりまえなのにがっかりして、何かを期待した自分に気づかされて、己のさもしさがいやになる。

「エレベーター来たぞ」

暮林にせかされ、悟は目元を手の甲でこすってエレベーターに乗り込んだ。冷えびえとした心を押し込め、いい面を見ようと自分を元気づける。

どういう事情があるかは知らないが、少なくとも誕生日に暮林と二人ですごせるのは事実だ。二一歳になって初めての夜に、暮林と食事ができる。

この幸運を神様に感謝しなくては。そう思えるくらいの図太さがないと、この先きっと壊れてしまう。

会社の前でタクシーを拾い、新橋《しんばし》に向かった。暮林の愛車でないところを見ると、それなりに飲むつもりらしい。

「ここですか？」

タクシーで乗りつけた先は、意外にも普通の店構えだった。暮林が選んだのだからどんな高級焼肉かと思ったら、拍子抜けだ。もっともジーンズにナイロンバッグなんて格好の悟にとっては、入りやすくてありがたい。

「ステーキがうまいんだよ」

笑って答える暮林に続いて階段を降りた。そのステーキ屋は古びたビルの地下一階にあり、外に面した階段は掃き清められていても薄暗い。

「いらっしゃいませ」

店内は想像していたより立派だったけれど、狭さは予想どおりだった。テーブルが八つ並んでいるだけで、営業が成り立つのかと心配になる。

「暮林様、お待ちしておりました」

こんな小さな店でも格式はあるのか、支配人らしき年配の男性が礼儀正しく迎えてくれた。暮林の顔を見ただけで席へと案内してくれたことから鑑《かんが》みて、行きつけなのは間違いない。

「食前にお飲み物でもいかがでしょうか」

席についてい間もなく、上品なウェイターがやってきて尋ねる。

「何か食前酒を」

「はい、では本日のお薦《すす》めを」

暮林は慣れたもので、また飲み会での悟の失態を忘れていないらしく、しっかり釘を刺してきた。

「お前は、アルコールはやめといたほうがいいな」

「はい、ソフトドリンクでお願いします」

悟が頼んだのは絞りたてのブラッドオレンジジュースで、トマトのような色におののいたものの、ほどよい酸味と甘味がおいしかった。暮林が気に入っている店なのだから、外観よりも素材や料理重視なのだろう。

「当店にはメニューがございません。口頭で本日のお薦めをさせていただきます」

しかし、ウェイターがものものしく切り出したのにはまいった。状況からして、割り勘なんて言っても聞き入れてもらえないだろうから、値段を知った上で注文したかったのだ。

常連の多い、気さくな店なのだろうと解釈したけれど、間違って高いものを選んでしまいそうでこわい。

「まず前菜は三田《みた》牛の刺身、ステーキと同じ釜《かま》で焼いたスモークサーモン――」

悟は困りはて、テーブルごしに暮林をうかがう。暮林は悟の迷うような視線を察し、うなずいてウエイターに合図した。

「前菜はスモークサーモンと真鯛《まだい》のポワレ、サラダは車海老《くるまえび》で。パンとバターを二人分」

注文を聞いていたウェイターは、そこで悟のほうへと向き直った。

「当店は但馬《たじま》の三田牛を用いております。赤身の多いステーキと、霜降《しもふ》りで口あたりのまろやかなステーキの二種類を用意いたしております。厚さは三㎝以上から、ご希望の厚みでお焼きいたします」

「せっかくだから赤身と霜降り、両方とも焼いてくれ。井川、ミディアムでいいか」

悟は圧倒されて、暮林に言われるままにうなずいた。さらに注文はワインに及ぶ。

「ワインはポイヤックがお薦めですが」

「そうだな、シャトー・ラフィット・ロッチルドを頼む」

それらの料理はさすがで、真鯛は上品な味付けでやわらかく、サーモンはぜいたくに厚く切ってあり、口どけがよかった。車海老の大きさに眼を丸くしながらサラダを食べ、いよいよステーキが運ばれてきた。

皿にのせられた牛肉は付け合わせの野菜を押しのけそうに大きく、厚みがすごい。

「ここの焼き加減は完璧だから、熱いうちに早く食えよ」

「はい――」

悟は半ば茫然となりつつナイフをとり、肉に刃を入れた。赤身も霜降りも、おそろしく肉質がいいから簡単に切り分けることができる。肉そのものを味わうためか、ソースはなく、代わりにマスタードが添えられている。

一切れ口に入れた途端、やわらかい肉が舌の上でとける。胡椒《こしょう》がきいていて、嚙んだ瞬間に豊かな肉汁が口のなかにあふれる。

「お…いしいです、すごく」

日頃、大したものを食べていない悟にもわかる。これは調理方法とか味付けとかじゃない、肉のうまみが舌にしみこんでくる。

「そうだろ。いっぱい食えよ」

「いや、でもこの量は――」

肉の塊《かたまり》を前にして途方にくれたものの、暮林の満足げな笑みがまぶしくて、悟は大きな一切れをほおばった。実際にステーキはおいしくて、胡椒に刺激されて食が進んだ。

こんなすごい食事をごちそうしてもらい、暮林が一緒にいて、今までで一番豪華な誕生日かもしれない。

抜栓《ばっせん》した赤ワインも運ばれてきており、暮林がグラスを傾けるうちに、話は会社のことに移った。

「井川は来年、北相の入社試験受けるのか」

暮林に尋ねられ、悟は肉片をのみこんで大きくうなずいた。

「はい、絶対受かりたいです。最初は現場でしょうけど、ああいう活気はむしろ好きですから」

暮林は先だってのやりとりから悟の答を予期していたらしく、眼を伏せて聞いていた。長い睫毛の先が揺れ、切れ上がった眼を縁どるさまが優美で、きれいだなぁと見とれてしまう。

暮林はグラスのワインを一気に飲み干し、あきらめが悪い自分を嗤《わら》うように、独り言めいて呟いた。

「そこまで入れ込んでるならしょうがないな」

なんだろう――暮林にしては歯切れが悪く、引っかかる。不穏に胸騒ぎが、する。

「力になれるかはわからないが、井川の働きぶりは人事のほうに報告しとくよ」

「そんな……ありがたいですけど、でも」

悟は不審で眉を曇らせたが、さぐるまでもなく暮林のほうから言った。

「多分、お前が社員になれるころには、俺はいないから」

「え…っ」

カチャン、とカトラリーが皿にあたって派手な音をたてたけれど、かまっている余裕はなかった。

「ど、どういう――」

「来年あたり、独立しようと思ってる」

悟は驚きと衝撃で、とっさに声もない。心臓が不様に縮み上がって動悸がする。息が切れたみたいに喉につかえ、こめかみが熱くなって、耳鳴りのように脈打っている。

暮林が独立する――悟が北相に入社できても、暮林はいない。悟の目の前から消え去ってしまう。

「じゃあ、会社辞めるんですか」

悟は取り乱すあまり、あたりまえのことを尋ねている。

「そりゃ、勿論」

暮林は悟が青ざめたわけを誤解したようで、元気づけるみたいに言ってくれた。

「心配すんなよ。早くて来年だ、お前がバイト続けられるようにはできる」

「そんなの、どうでも――」

どうでもいいと、あやうく口走りそうになって奥歯を噛みしめた。胃が縮んで食事どころではなく、無理矢理、二口ほど食べたものの、もったいなくも少し残してしまった。

やっぱりなぁ、と思った。うれしいことの後は、必ず帳尻《ちょうじり》合わせみたいに厳しい現実をつきつけられるのだ。

「デザートどうだ？　まだ入るなら食ってけよ。果物だから食えるだろ」

暮林に勧められたって、あんな話の後で食べられるわけがない。

「いえ、もうお腹いっぱいです」

起業の話を聞いたのが食事も終盤でよかった、と慰めにもならないことを考えた。でなければ、肝心の肉の味がわからないところだった。

「じゃあ、コーヒー二つ」

コーヒーが来るまでの間、暮林が煙草を一本吸ったが、今日にかぎっては煙がやけに眼にしみた。網膜がヒリつき、まばたきすると涙がにじみそうで、さりげなく瞼をこすって押しとどめた。

コーヒーを飲みながら、悟ばかりか暮林までも無口になり、気まずい雰囲気で食事が終わった。ウェイターがテーブルに伝票を持ってきて、暮林がカードを渡してサインしているのを見ても、割り勘を申し出る気力もなくて、礼を言うだけだった。

「ごちそうさま、でした。おいしかったです」

独立の話を聞くまでは。

「おう、お前、もう少し食えるようになれよ」

暮林はカードをしまって立ち上がり、その拍子に支払い書の控えが落ちた。どうやら気づいていない様子で、悟は出口へ向かおうとする暮林に代わってその紙片を拾い上げる。

「暮林さん、これ落としましたよ」

覗くつもりはなかったが、自然に数字が眼に飛び込んできて、金額を見てしまった。

予想していたとはいえ、二万円を超えている。あの立派な肉ならな——と思ってよく見たら、0の下にある点の位置が一つ右にズレていた。

「二二万六千円!?」

あまりの高さに度胆を抜かれ、うっかり声に出してしまい、暮林に控え書をとり上げられた。暮林は手の内を明かされたときみたいな、苦い顔になっている。

「その分、うまかっただろうが」

「そうですけど、あの値段は……」

あれだけのステーキを食べてワインも開けて、でもそれにしたって高すぎる。

どういう店だと、悟はショックを隠しきれなかったが、それは暮林の住む世界を見せつけられたせいもあった。こういう店を行きつけにしている時点でもう、悟とは人種が違う。

暮林の独立に比べればささいなことかもしれないけれど、驚きが高じて悟はまた、新たな事実に思いあたった。

「もしかして――」

こんな非常識なまでに高価な食事を、バイト風情にごちそうしてくれるわけがない。本来は桐子と来るつもりで予約を入れていたのではないだろうか。

「行くぞ」

立ちすくむ悟を、暮林が促す。悟はおぼつかない足どりで暮林を追おうとし、踵を返したところで、テーブルのライターが眼にとまった。

「忘れてますよ」

おきっぱなしのライターを手にとったものの、いつものアンティークライターではない。使い捨てでこそないものの、ごく普通のターボライターだ。

「あぁ、さっきガスが切れたから、間に合わせで買ったんだ。おいてっていい」

軽く言い捨てる暮林に、悟はライターを握りしめて言った。

「あの、じゃあ俺がもらっていいですか」

「いいけどお前、煙草吸ったっけか?」

暮林は不思議そうに首をかしげていたけれど、物が何であるかは問題ではなかった。ましてや値段など関係ない、彼が一時でも使っていたということが大切なのだ。

誕生日の記念に、これくらいもらってもいいだろう。

悟はライターを掌で包み込み、大事にバッグにしまいこんだ。暮林の手のなかにあったものだと思うと、特別な意味を持って輝いた。

このライターを見るたび、きっとこの夜の、うれしさと泣きたいような気持ちを思い出す。暮林と会わなくなっても、彼の姿をその手の感触を、あざやかに脳裏によみがえらせてくれるに違いない。

店から出て階段を上がると、夜はすっかり更《ふ》けていた。日中の苛烈《かれつ》な暑さはなりをひそめ、湿った温気にとって代わっている。夜気が肌に絡みついてくるようだ。

「駅ってあっちですか?」

悟が人の流れを見て尋ねるのに、暮林はその肩に手をかけて引き止めるのだ。

「明日は会社休みだろ。まだ付き合えよ」

暮林はかすかに目元が赤く、切れ上がった眦が熱っぽい。人恋しいような台詞に、悟は首をかしげる。

ワイン一本で酔ったのだろうか。

「うまいコーヒー淹れてくれ」

「淹れるって、どこで——」

悟が問う暇もなく、暮林はタクシーを停めた。悟の肩を摑んだまま離さず、背中から抱きかかえるようにして、強引にタクシーに押し込んでくる。

暮林の体が密着し、その体温が感じられて、悟に逆らえるはずがない。

「麻布台《あざぶだい》まで」

暮林の住むデザイナーズマンションは、新橋と同じ港《みなと》区内にあった。

アーチ型のコリドールを抜け、掌紋《しょうもん》チェックをして重厚なドアをくぐれば、広々としたエントランスが広がっていた。二種の大理石を市松模様《いちまつもよう》に組んだ床は落ち着いた雰囲気で、エレベーター前のカウンターにはコンシェルジェが常駐しており、ホテル顔負けだ。

暮林は思いつめたように黙り込み、悟の腕を捕えている。シャツに指がくいこんで痛かったけれど、話しかける隙がない。高く通った鼻筋やきれいに伸びた眉が、今は暮林を鋭く近寄りがたくしている。

エレベーターで上層階に上がり、間接照明に浮かび上がる一番奥のドアが、暮林の部屋だった。彼が掌紋とカードキーでロックを解除し、ドアが開いても、悟は未《いま》だ展開についていけずにいた。

「あの、俺、やっぱり帰ったほうがいいんじゃ、ないかと」

「ここまで来たんだから、コーヒーくらい飲んでいけよ。いや、お前が淹れてくれ」

「でも――」

暮林に腕をとられてドアのなかへと踏み入れたが、まだ迷っている悟がもたついたせいで暮林にぶつかり、そのジャケットのポケットから小さな箱が転がり出た。

「すみませんっ」

反射的に謝り、悟は小箱を拾い上げて、それが何か一目でわかってしまった。

掌に納まるサイズの紙箱のなかに、黒く光沢《つや》のある布張りのケースが入っている。細い書体で銀色の文字が踊り、ブランド名が記されてた、それは――。

「指輪、片岡さんに渡さなかったんですか…？」

背筋に冷水を浴びせられるとはこのことで、無情な現実が骨身にしみて凍えそうだった。

暮林が今夜のために、桐子への指輪を用意していたと思い知らされている。

悟が青ざめ、かすれた声で言うと、暮林は邪険な手つきで指輪ケースを奪いとった。楢《なら》材のシューズボックスの上に、見たくもないように放り出し、

「つっ返された」

暮林はどうでもよさそうに言う。なげやりさが露骨に伝わってきて、それだけ断られた痛手が大きいのだろう。

そして悟は、自分の予想が正しかったことを確認した。桐子にふられて、店の予約を無駄にするのはしのびなくて、近くにいた悟を代わりに食事に誘ったのだ。

「上がれよ」

ランプに照らされた玄関ホールを歩いていく暮林に、悟はもう自分の意志でついていく。広すぎる居間はデザイナーズ家具で機能的に統一されているものの、モデルルームのようで、一人たたずむ暮林が疲れて見えた。

桐子の穴埋めだと、察せられるのは苦しいけど、覚悟していたからいい。今、よりつらいのは暮林のほうだ。想い人に拒絶されたときの痛みは、悟も身をもって知っている。せめて、暮林が見込んだとおりに気晴らし相手を務めたい。

悟は居間に足を進め、震えそうな声を抑え、穏やかな語り口を装う。

「暮林さんをふるなんて、相手に見る目がないんですよ」

暮林はマホガニー枠のソファに腰を下ろし、長い脚を投げ出している。彫りの深い顔立ちが陰影を

強調し、美貌《びぼう》の人形のようでおそろしい。唇からこぼれる声は煙草でかすれたように細く、力がない。

「ふられたってぇか……独立するのが問題かもしれない」

やっぱり、だ。暮林が独立し、一流企業の出世頭という地位を捨てるから、将来の安泰《あんたい》を失う相手とは結婚できないという打算が桐子のなかで生まれたのだろう。

暮林はのけぞるように頭を背もたれにのせ、気怠げに息をついた。

「自分の事務所作るなら、連れていきたかったんだがなぁ――」

囁くような声音の独り言を、けれど悟の耳は確かに聞きとっていた。

暮林は、新しい事務所を桐子と始めたかったのだ。仕事における彼女への信頼ぶりは、はたで見ていてもわかる。暮林は彼女の能力を非常に高く買っている。

「――っ」

氷の塊で喉をふさがれたようで、首筋から背骨へと冷気が広がっていく。そのくせ、胃の底が焼けるように熱い。鼓動はゆるやかなまま音だけが大きく、心臓がはじけるんじゃないかと思う。

桐子が、たまらなく羨ましかった。暮林に愛されてるのと同じくらい、仕事上のパートナーとして必要とされているのが妬ましく、自分のなかで認めたくない醜い感情が渦巻くのがわかった。

そのときの悟は、暮林が引き抜きたい人材は桐子以外にないと、かたくなに決めつけていた。

「コーヒー淹れますね」

悟は早口で言って、勝手にキッチンへと向かう。見事なデザインのシステムキッチンなのに、うっすらと埃《ほこり》が積もって使われている形跡がほとんどない。

「豆どこですか？」

「あぁ——右の棚の上、扉開けたところ手前」

ソファから眠たげな暮林の声が届いて、悟は指示されたとおりにコーヒー豆を見つけ出した。ブルマンだのハワイコナだの、高い銘柄ばかりだが、封を切られている上にすでに粉になっている。空気にふれている時間の分だけ風味が落ちているだろう。

棚の奥から未開封の袋が出てきて、おいしいコーヒーという要望に応えたい悟は、開けてしまいたくなる。居間のほうから暮林がゆっくりと近づいてくる気配がし、

「これ、新しいの開けたらまずいで——」

振り返らずに尋ねようとし、声が途切れた。

暮林がものも言わずに悟の背後に立ち、その首筋に顔をうずめてきたのだ。長い腕が、壊れ物でも抱くみたいに腰に回される。

「く、暮林さん…っ」

鼓動がはね、心臓が狂ったように脈打って、肋骨を突き破りそうだ。うなじに暮林の唇がふれ、首筋にそっとなぞられると、身を焦《こ》がされるようで、すぐには声が出ない。

煙草とトワレにまじって、悟は暮林の吐息にほのかなワインの匂いを嗅ぎとる。

「寂しいんですか……？」

返事がないことが答になっているようなもので、おかげで悟は少しだけ冷静になれた。

桐子に指輪を返された、つまり結婚を断られたのが、そんなにつらいのか。本当にこの人は、彼女

のことが好きなのだ。

うまくいかない。悟は暮林を、暮林は桐子を好きで、おかしくなりそうなくらい想っているのに、通じ合えない。残酷なすれ違いが、せつなくて胸に痛い。

「俺は、暮林さんのこと好きですよ」

慰めにもならないと知りながら、悟は口にせずにはいられず、暮林の腕のなかでそっと向き直った。

驚くくらい間近に暮林の顔があって、その息遣いすら感じられる。怜悧《れいり》な眦は鋭く切れそうなのに、黒い瞳が酔ったように濡れて、悟を映し出している。切迫したまなざしにからめとられ、悟は眼をそらせず、まばたきも忘れている。

乾いた唇から薄く吐息を洩らす暮林は凄絶《せいぜつ》な色香をたたえ、気がつけば悟は、吸い寄せられるように彼に口づけていた。

「――……っ」

唇がふれたのは、一秒にも満たなかっただろう。その束の間で、悟は暮林のぬくもりや唇の意外なやわらかさ、息吹までも感じとる。

一瞬の至福と引き替えに、けれど悟は唇を離した直後から後悔していた。

暮林は驚愕《きょうがく》に眼を見開き、驚いたように睨むみたいに悟を凝視するくせに、一言もない。悟はいたたまれず、顔をそむけて暮林の腕を振りほどこうとする。

「あ……っす、すみません…っ。別に変な意味はなくて、勢いっていうか、雰囲気に流され――」

言い終える前に、悟は暮林に唇をふさがれていた。

暮林は悟の顎を捕え、噛みつくように口づけてきた。悟の口を開かせ、一時も待てないように性急に舌を差し入れる。

「ん……っ」

暮林の唇は、思ったとおり煙草とワインの味がした。舌にふれる前から、その吐息と匂いに体がほてった。

下唇の内側を舐められ、歯の付け根をつつかれて、悟は茫然となっている。どうしてと、気が動転して歯の根が合わない。暮林はまるで餓《う》えているように激しく、無体なほどで、その衝動的な口づけが悟を混乱させる。

なぜ暮林がこんな真似《まね》をするのか——苛立ちに振り回され、そのやり場を探しているのか、それとも一種の憂さ晴らしなのか。

暮林の唾液が舌先ににじみ、煙草の苦みと刺すような刺激が走って、悟はやりきれない。暮林の本意ではないキスに惑わされるのがいやで、口を閉じようとしたが、暮林がその顎を握り込んではばみ、舌で悟の歯列を押し割った。

「ふ…う……っ」

暮林は悟の腰を抱き込んで、身をよじることも許さない。彼の歯列にそって舌を這《は》わせ、奥歯までも味わって、敏感な上顎をもったいつけるように撫で上げる。

「あ……っ」

甘い痺れが腰に落ち、悟は背骨をしならせて暮林にしがみついた。感じやすい粘膜を何度も舐められ、寒気のような快感が押し寄せて、震えが止まらない。互いの舌がふれたときは、その熱さに目眩を覚え、喘《あえ》がせた息を暮林に吸いとられた。

暮林は舌を重ね、唾液でぬめる表面をこすりつけてきて、悟はもはや唇をそらすどころではない。口のなかをかき回されるみたいで、呼気が上ずっている。

暮林という存在に酔わされている。

「は…ぁ…っ」

悟は鼻先から息を洩らすばかりか、口の端からどちらのものともつかない唾液をこぼしている。唇は物足りないほど滑りがいい反面、離れがたいように合わさって、悟は耐えきれずに自分から舌を差し出した。

「ん…ぁ――…っ」

だって――本当に本当に、暮林が好きだったのだ。煙草の匂いのする息も色めいた唇も、熱く濡れた舌も、自分のものにしてしまいたい。彼にふれられるなら、もう理由なんてどうでもいいとさえ思った。

彼は悟の唇をふさぎ、舌を絡めたまま、その脚の間に膝を割り込ませる。内腿《うちもも》をすり上げられ、悟はビクリと首をすくめて身を引こうとする。支えを求めて背後に伸ばされた手は、しかしシンクに届く前に彼に掴みとられ、腰ごと抱え寄せられた。

「や――…っ」

悟はまるで、暮林の片脚に跨《また》がるような格好をとらされているのだ。逃げようにも身長差の分、暮林が有利で、より強く脚で追い上げられると爪先立《つまさき》ちになり、その不安定さが悟を心細くさせる。

舌裏にたまった唾液を吸い上げられ、脚の付け根を押し上げられて、悟は喜悦《きえつ》に打たれて背筋をわななかせる。

「あ…ぁ……っ」

腰に響く甘美感が悟を疼かせ、その股間は暮林の脚の上であからさまに脈打つ。暮林に知られてしまったと思うと、恥ずかしくて消えてしまいたい。媚態《びたい》めいた声まで洩らしてしまって、悟は拒むように顔をそむけようとし、再び深く暮林に舌をからめとられた。呼吸まで奪われて、今度は喘ぎすら音にならない。

「……っ」

官能に溺《おぼ》れるようで、悟はもう立っていられなかった。膝が抜け、腰が落ちそうになるのを、自分の重みごと暮林の脚に受けとめられ、新たな悦楽が生まれる。ようやく唇が解放されたときには、悟は頬を赤らめ、のぼせたように眼を潤ませていた。

「な…んで――」

暮林に翻弄《ほんろう》され、唇は麻痺《まひ》したように感覚が鈍く、もしかしたら腫《は》れているかもしれない。こんな滅茶苦茶なキスは初めてで、悟は口元に手をあてながら暮林を押しやろうとしたものの、逆に背中から抱きとられる。

「暮林、さん、どう――」

暮林は眼を細めて悟を見下ろし、余韻に湿った唇をつらせて呟いた。

「まだたりない」

その黒い瞳が情欲に揺らぐのを、確かに見たと思った。暮林に腕を摑まれ、キッチンから引きずるように連れ去られて、居間を通り抜けた奥の部屋へと足を踏み入れた。

「な…っ何――」

何が起こったのかもわからないうちに、悟が連れ込まれたのは暮林の寝室だった。天井の高い洋室はウォークインクローゼットと隣り合わせになっており、中央壁際にキングサイズのベッドがおかれていた。

暮林は何を思っているのか、極端に口数が少なくなっている。その表情は固く、高い鼻梁と骨ばった顎がとがった印象をかもし、悟に感情を読ませない。

広大なベッドを前に立ちつくし、悟が怯《おび》えたふうに身じろぎすると、暮林はその耳元に唇を寄せ、シャツの裾《すそ》から手を入れてきた。

「暮林さん……？」

まさかと、思った途端に耳朶《じだ》に歯を立てられ、悟は首を縮めて息をのむ。暮林のあたたかい掌が痩せた脇腹を撫で、肋骨をたどるように指が滑っていき、悟の皮下で血がざわめいて鼓動が高鳴る。

暮林の手が這い上がるにつれ、シャツもめくれていき、不安めいて膝が震える。その指先が胸にふれた瞬間、悟は声を上げて暮林の肩を摑んでいた。

「あ……っ」

「お前、なんでいやがらないんだ」

暮林は背をかがめ、悟の眼を覗き込んで問う。その眼は追いつめられたような熱をはらみ、眦が上気して、まるで余裕がない。悟の瞳をこわいほどの視線で貫き、望む答を引き出そうとしているみたいだ。

どういうつもりか、なんて、こっちが聞きたい。いや、尋ねるまでもなくわかってる。おそらく暮林は寂しくて、人肌が恋しいのだろう。一人ですごしたくなくて、誰でもいいからそばにいてほしいと思っている。

だから悟は、暮林を見つめてただ一言で想いを伝えた。

「好き、です」

暮林の寂しさにつけこんでいる自覚はあった。卑怯《ひきょう》でもいいから、彼にふれたかった。

一年に一度の日くらい、自分の願いを優先させてもいいだろう、なんて——言い訳にしても一理もない。

「——本気で言ってんのか、お前」

暮林は詰問《きつもん》のように、低くうなるように言う。刺すようなまなざしが眼に痛いけれど、悟はまばたきを抑えてでも暮林を見返した。

「今ならまだやめてやる」

暮林は脅《おど》すような声音だったが、悟は嘘なんかつけなかった。耳朶や首筋、胸元、それに唇と舌で知った暮林の体温を、切実に欲していた。

悟は暮林の首に両腕を回し、背伸びをして頬をふれあわせる。口にできる機会なんかこの先ないだろうと予期しているからこそ、噛みしめるようにもう一度告げた。

「好きです、暮林さん」

もう引き返せないと思った。

「井川――」

暮林はうめくように呟くと、悟を力強い腕で抱きとり、また唇を重ねてきた。悟の口をこじ開け、舌をふれあわせながら、もつれるようにベッドに倒れ込む。キスにのめりこんでいるようでいて、悟を押しつぶさないよう腕で支えてくれていた。

二人分の体重を受けて、悟の背中の下でスプリングがきしんだ。

「もう――止められないぞ。いやがっても逃がさない」

不穏な台詞を吐くわりに、暮林の手つきはやさしい。悟をシーツに押さえつけ、ジーンズのファスナーを下ろす荒っぽさとは裏腹に、下着のなかへと忍び込んでくる指先はいたわるような繊細さを備えている。

「暮林さん……っ」

暮林の掌と体温に、悟は戸惑っている。これから暮林と何をするのか、ベッドに運ばれたその先を、うまく想像できないのだ。

なのに暮林は待ってくれず、根元へと絡みつく指が悟をゆるく締め上げ、先端へとこすり立てていき、腰が大きくはねる。暮林の手のなかで明らかな反応を示す。

「あ……っ」

「どう見たって、ちゃんと男だよな」

暮林が悟の脚の間を見下ろし、自分の行為が不思議なように言うのが、なんだか腹立たしい。

「あ、あたりまえ――あぁ…っ」

暮林の指がくびれのまわりを滑り、あざやかな痺れに打たれて、悟は不満を洩らす前に舌足らずな喘ぎを放っていた。

暮林は悟の脈動をじかに感じとっており、その感触を味わうように力を込めながら彼の顔を覗き込んできた。立てた膝の間に割り入り、自分に向かって彼の脚を開かせ、背をかがめてくる。

「なんでか、お前のことは初めからずっと気になってた」

悟の首筋に唇を這わせながら、暮林は自分に語りかけるみたいに呟いている。透明のように白い悟の肌は痕になりやすく、軽く吸いつかれただけで朱が残るだろう。

「森尾とイチャつかれるとイラついたし、自分の眼の届くところにおいときたくて――」

「い、イチャつくって何――」

ふざけた言いように、悟は口を挟もうとし、顔を上げた暮林に視線を奪われて黙り込んだ。

暮林はたぎるような熱い眼をしているくせに、いとおしげに悟を見つめていた。尊いもののように、彼の額に、頬に、唇の横に口づけてくる。

「今日やっと、そのわけがわかった気がする」

「……」

おそらく、暮林こそが悟に流されているのだろう。暮林の言う独占欲はあくまで部下をかわいがる域を出ていないのに、悟がよこしまな眼で彼を見ていたから、こんな状況に陥《おちい》っているのだ。

彼が好きなのは、桐子なのに。

「気を遣ってくれなくていい、です」

そう考えるのはやっぱりつらくて、悟は上ずった声音を抑えて言う。

また暮林は、バイトの学生をこんなふうに扱う理由も必要だったのだと、悟は一方的に決めつけていた。

「そんなふうに言ってもらわなくても、暮林さんの好きにして下さい」

「――気を遣うって、どういう意味だ」

悟の慰めるような言い方が暮林の気に障ったらしく、その眦はいっそう切れ上がり、声に怒気がにじんでいた。

「い…あ……っ」

暮林に強く握り込まれ、けれど痛めつけるというより追い上げるその手管《てくだ》に、悟はとっさに声を噛み殺せない。

愛撫そのものは大した問題ではない、昔の彼女に手や口でしてもらったことがあるし、自慰だってしてる。年相応の経験はある。

結局、誰であろう暮林にふれられているからこそ、悟はあっけなく先端をもたげているのだろう。

その様子に暮林が眼を細め、性的な匂いのする笑みを浮かべる。

「腰が引けてるくせに、感じやすいな。挑発してるつもりか?」

「な、何言って――ぁん…っ」

ひどい言われように、悟は反論しかけたものの、露出した先端に掌をかぶせられ、たちまち喘ぎに変わった。快感が背骨を突き上げ、引き込むように暮林の腰を膝で挟んでしまい、意識してゆるめようとしても、痙攣《けいれん》したみたいに体が言うことをきかない。

「あぁ…っそん、な――暮林さん…っ」

シーツから腰を浮かせ、身をよじる悟はまるでねだるように股間を突き出して、早くも先端を潤ませている。はしたなさに身が縮む思いで、うつむいて声を抑えようとしても、呼吸とともに嬌声《きょうせい》が洩れる。

「ああっ、ま…待って、ちょ…っ暮林さ――やぁぁ…っ」

どうしよう、と思う。こんな――みっともないことになるなんて、予想してなかった。

悟はとっさに起き上がろうとしたものの、暮林が彼の先端を摑んで動きを封じた。

「お前、普段は純真そうにしてるのに、すごく感じやすいんだな」

どっちが、だ――。

暮林のこの、獰猛《どうもう》な眼がこわい。長身なのはわかっていたけど、いざベッドに組み敷かれてみると、自分よりひとまわり大きい骨格が体で感じられ、獲物みたいな気分になる。影が落ちてきて、覆いかぶさってくる広い肩と厚い胸板に、本能的に身がすくむ。

「あの、やっぱり俺――」

「なんだ？」

「あぁ…っ」

悟はヘッドボードのほうに腰を引こうとしたが、過敏な先端を一撫でされただけで、あっけなくシーツに沈み込んだ。

暮林が笑みをこぼし、ひとまず半身を起こして、スーツのジャケットに手をかける。彼が服を脱ごうとしている隙に、悟はシーツの上で腰をずらし、静かにベッドから降りた。

「……何してる」

けれど暮林は、ボタン一つ外さないうちにそれに気づき、眉をひそめて、悟を睨むように見る。

「か、帰ります」

「待てよっ」

悟が身をひるがえした瞬間、ドアへと足を踏み出す間もなく、背後から長い腕が伸びてきて、あっけなくつかまった。胸と腰とに腕が絡みつき、力ずくで引き戻されて、再びベッドにのせられた。

暮林は悟の抵抗を封じるため、全身で彼を押さえ込み、ジーンズのはだけたその股間を掌で包み込む。

「あぁ…っやめ――…っ」

悟がなんとか振りほどこうとしたとき、暮林が顔を寄せてきて耳元で囁いた。

「帰るなよ、悟」

こんなときに暮林は、悟を名前で呼んで引き止めるのだ。ひどくやさしい甘い声で、誘惑のように響く。

「あ――」

「こんなときに帰るな」

耳朶から背骨までとけそうで、逃げられなくなる。

「ちゃんとよくしてやる。忘れられなくなるくらい、気持ちよくしてやるから――」

暮林はかき口説《くど》くように言い、悟を捕えたまま、手の甲でその下着とジーンズを押し下げる。根元や脚の付け根の薄い皮膚を指先でたどられると、さらに奥まであばかれる予兆のようで、下肢に震えが走った。

「俺も、男の体になんでこんなに興奮してんだかな」

さらに暮林は悟のシャツを裾からめくり上げ、薄く瘦せた胸と突起があらわになった。暮林に比べると貧弱で、悟は情けなくなって、あわててシャツを引き下ろす。

「やめて、下さい……」

「思ったとおりだ、お前」

しかし暮林はかすかに眉を上げただけで、かまわずシャツの上から悟の胸にふれてきた。

布地ごと突起をつまみ上げられ、悟はたまらず背筋をそらせる。落ち着かない愉悦が胸の先で生じ、初めてさわられて知るそれはまぎれもなく快楽だった。

こんなところで感じるなんて、女みたいで恥ずかしい。

「や――…っい…っああっ」

「かわいい乳首だな。小さくて色が薄くて、想像してたまんまだ」

いつそんな想像をしたんだと、からかうような暮林を聞き咎める余裕はない。突起は暮林の指の間で固くなり、揉《も》みしだかれて輪郭《りんかく》を浮き出させるばかりか、快感が腰まで落ち、脱がされた股間が脈打つ。

「あ…っそ、そこはやめて下さ……っや…ぁ…っ」

「感じてるのか？　お前、まさか慣れてるんじゃないだろうな」

どういう発想なのか、暮林は唇を歪めて詰問のように言う。

「そ、んなわけ、ない……っ」

悟は暮林の手首を掴み、胸の上から振り払おうとしたけれど、突起の付け根を爪で挟まれ、シャツをすりつけるように指の腹で転がされて、懇願めいて彼に頼むしかない。

「あぁ…っ暮林、さん……っや…っそこ、さわらない、で……っ」

「乳首をさわられるのは初めてか」

「そぅ…っだから、離し――あぁぁ…っ」

女の子相手のセックスでは胸なんかさわられるはずがなく、悟は今夜、信じられないくらいの感度に目覚めさせられていた。

突起そのものがせり出すのすら物欲しげだというのに、股間が激しい疼きに見舞われ、痛いほどはりつめて、中心からぬめりをにじませる。

「あ――…っやめ…っ」

「他の奴とはしてないんだな？」

暮林はきつく突起をねじるようにして、しつこく尋ねてくる。甘美な痛みに変になりそうだった。

「してない、してないです…から——も、もうさわ…ぁあ……っ」

「初めてでよかったな」

でなければどうするつもりだったのか、暮林は脅すような囁きとともに悟の耳朶に口づけ、顎先から喉へと伝い下りていく。その唇の行方を予期し、鼓動が早鐘を打つ。

「これからも、誰にもさわらせるなよ、悟」

「暮林さ……っい——あぁ…っ」

おそれていたとおり、暮林は他方の胸の突起をシャツごとくわえた。唇で包み込まれ、熱い舌でとがった先をつつかれて、悟は弓なりに背骨をしならせて身悶《みもだ》えする。

「あぁ…っそれ、いや……っやあぁ…っ」

指先まで甘い痺れが駆け抜け、暮林の髪を摑む悟はやめさせたいんだかほしがってるんだかわからないように胸を押しつけ、腰をも揺らめかせた。唾液をからめて胸先を吸い上げられると、暮林に握り込まれた股間も身震いし、中心からぬめりをあふれさせる。その指の間からしたたり落ちていく。

「すごい濡れ方だな」

「や…っ言わな——」

暮林がその先端から手をほどき、湿った指を確かめるために目の前にかざして、悟はとても正気ではいられない。脚の付け根ともっと奥にも流れていく熱い雫は、暮林を乞うあまりの痴態《ちたい》だった。

羞恥に灼《や》かれ、悟は唇を嚙みしめる。恥ずかしいのに、そう思うほど敏感になっている。

実際に、この胸のありさまはどうだろう。

「み、見ないで……っ」

唾液で色の変わったシャツをはりつかせ、明らかな輪郭をうかがわせる胸の突起は、口に出せない悟自身の代わりに暮林を誘っていた。ほしがってるみたいだと、思ったときにはシャツを引きはがすようにまくり上げられ、むきだしの胸元が寒いように震えた。

「さわらない…で、下さい――…っ暮林さんっ、いや――あぁぁ…っ」

悟は暮林に魅入られたように動けず、じかに胸を愛撫してくる彼に身を捧げるしかなかった。

突起の付け根に歯を立てられ、固くとがった先を舌で舐め回されるのは、官能の針でつつかれるようだ。暮林は同時に爪で一方も挟んで引っぱり、痛みを感じる寸前で指の腹で癒《いや》すように撫でた。

「あぁ…っ離して……っ」

快楽の炎が背筋から腰骨を舐め上げ、脚の付け根がどうしようもなく疼いて、病んだような熱がせり上がってくる。先端はぬめりがあふれ、縁からこぼれそうだと思った瞬間には、暮林の指先で拭いとられた。

「あぁ…い……っ」

露出した粘膜をこすられる刺すような喜悦に、自然に腰が浮き、悟は自分から暮林にすり寄せていた。

「お前――」

暮林は眼を見開いて悟を見つめており、彼の淫《みだ》らな仕草にあきれているに違いない。でも、止められない。

悟は全身で、髪一筋から爪先まで暮林を求めている。浅ましく脚を開いて腰を押しつけ、暮林のシーツを湿らせてしまっただろう。その刺激のせいかもっと前からなのか、脚の付け根に彼の昂《たか》ぶりを感じとって、体の芯が熱くなる。

「暮林、さん――」

暮林の興奮が自分の喘ぎやその媚態に煽《あお》られてのことだと、わかっているから身のおきどころがない。

悟は顔をそむけてシーツを握りしめ、後ずさるように腰を引こうとする。

「そうだ、お前のせいだ」

暮林は思い知らせるように言い、悟の腰を摑み寄せて、より強く股間を重ね合わせてきた。固くこすれるその感触は、布地ごしでも悟をすくみ上がらせるに十分な熱と迫力を備えている。

「お前を抱きたくて、こうなってるんだ」

「あ……っ」

暮林はそのまま悟の下半身をベッドから持ち上げ、下着とジーンズをいっぺんに膝まで下ろす。その脚の間に手首をくぐらせ、後ろに指を伸ばして、狭間《はざま》を押し開いた。秘められた場所が外気にふれて鳥肌が立った。

「や――……っ」

狭間の奥のくぼみを指先でなぞられ、背中が引きつった。今更ながら、己の浅はかさに血が下がる。

暮林に抱かれるとはつまり、ここで彼を受け入れるということなのだ。彼の猛《たけ》ったもので貫かれ、犯される。

「暮林さん…っや、やっぱり俺――」

「ひどくはしない。そんなにこわがるな」

悟の怯えを読んだのだろう、暮林は諭すように言って、彼の体を反転させた。腰を摑まれた悟は両手と膝でその身を支えることになり、つまり犬みたいにベッドで這う姿勢をとらされている。

「まさか――あぁ…っ」

暮林が狭間に顔を下ろしていき、割り開かれてくぼみに吐息を感じた直後、熱く濡れたものがふれた。

「や…っ駄目――…っ」

あろうことか暮林は、悟のくぼみに唇をあて、舌を這わせている。慎ましく閉じたそこを唾液をからめてほぐし、舌先でつついて縁を広げようとする。

普段あばかれることのないところを、暮林の目の前にさらしている。視線が刺さり、なかにまで入り込んでくるようで、倒錯的な官能にただれてしまう。

「あ…っや、やめて下さい、こんな……っああっ」

「ちゃんと濡らして広げとかないと、お前がつらい」

くぐもった声が狭間で響き、湿った吐息がくぼみをかすめる。暮林の舌がくぼみを舐め、濡れた音をたてて縁をめくるのがたまらず、悟はいたたまれない性感に泣いた。

「いや…っいやです、やぁぁ……っ」

次から次へと襲いくる羞恥に、悟は生きている心地がしない。暮林にこんな真似までさせて、おまけに感じてるなんて、今すぐ消えてしまいたい。

くぼみを押されるたび、悟はかわそうと半身で乗り出し、暮林に腰を掴まれて引き戻される。とがらせた舌がそっと入れられ、縁の内側を撫でたときは、腰骨が痺れたみたいで悩ましげに下肢が揺れた。

「あぁ…っ」

だがさすがに、唾液だけではたりないようで、暮林は悟の先端からこぼれたぬめりをすくいとると縁からなじませるように指で揉み込んだ。

「い――…っ」

「大丈夫だから、力を抜いてくれ」

暮林がなだめるように言うものの、やわらかい舌とは感触が違いすぎる。

「そんな…あぁ…っ無理……っ」

もったいぶっているつもりはない、ただ初めての経験ばかりが続き、かつ本能的な恐怖で体がこわばっているのだ。

暮林はあせらず、時間をかけてぬめりと唾液でくぼみを濡らして、悟がつかえた息を深く吐き出したときを狙《ねら》って指を進めてきた。

「やめ…待って……っああっ」

暮林は慎重に指を差し入れながら、開いた脚の間から覗く悟自身が萎《な》えかけているのに気づいたらしい。なかの繊細な襞《ひだ》を撫でさすり、少しずつやわらげていきながら、他方の手で悟の先端を掌で覆い、その中心を押さえて露骨な快感を与える。

「あ、あぁ…っ」

再び熱をはらむ先端から甘美な波が広がり、暮林の指をくわえこんだ粘膜も収縮して、悟の意志にかかわらず深みへと引き込んでいく。長い指の形をたどるかのように、襞がまといついている。

「そんなにこわがるな。絶対にひどくはしない」

常に悟を気遣う暮林のおかげで、覚悟していたほど苦痛ではなかった。無論、異物感はあるけれど、揉みほぐされた粘膜は徐々にゆるんで、ついには暮林の指を根元まで受け入れた。

「ん…あ……っ」

新たに指を増やされても、悟は喘ぎめいた息を洩らしただけで、縁で締めつけてのみこんだ。

「感じるところがあったら言ってみろ」

「え…っい、や――…っ」

しかし悟が安堵したのも束の間、暮林は彼のなかで指をうごめかせ、なおも深く突き入れようとする。掌が狭間でつかえ、さらに割り開かれるほどで、襞をなぞりながら指を伸ばす暮林は、執拗《しつよう》にその熱い粘膜をさぐっていった。

「――あぁぁ…っ」

めくるようにこまかな襞をつつき上げていくうち、暮林はついに目的の場所を見つけた。ある一点

にふれられた瞬間、悟の肢体がしなやかにシーツの上ではねる。

「あ…ぃ…な——何、これ……あぁっ」

それは、信じられないような快感だった。

神経をじかに刺激されるような、純粋な愉悦が悟を襲い、声をのみこむどころではない。背筋をわななかせ、一瞬で頂点まで連れ去られるような感覚を味わい、横たわっているのに眼がくらむ。

「あぁ…っいや……っ何——こ、こんな…っ」

「ここがいいのか?」

「ち、違……っ暮林さ——あ…ぁん…っ」

悟はシーツを掴み、眼をつぶって未知の快楽をやりすごそうとしたが、暮林がまたさっきの粘膜を引っかいた。

「話には聞いてたけど、ほんとにあるんだな」

暮林は独り言のように呟いて、内側の、男を否応なく昂ぶらせる手応えを確かめている。

「や、め……っあぁ…っそれ、いや…ぁ…っ」

感じすぎる襞に暮林の指を突き立てられ、悟は涙をにじませて腰を振ってしまう。

四つん這いという屈辱《くつじょく》的な体勢すらとっていられず、肘が折れて腰だけを上げた恥知らずな格好で、しかも暮林の目の前で、せがむように下肢を震わせている。シャツは胸までめくれ、シーツにこすれた突起が固くなっているのも見られただろう。

ジーンズと下着を膝にまといつかせたまま、濡れたくぼみは暮林の指をくわえこみ、悟の喘ぎに合わせてヒクついているに違いない。

「や…っやだ、離して——い…ああっ」

悟はヘッドボードにすがって暮林から逃げようとし、おそれるように背後を振り返って、その眼に囚《とら》われて動けなくなった。

暮林の欲望に燃えるたぎったような瞳——いつもは冷静で人好きする眼が差し迫ったような熱をたたえている。獣じみた色気におののき、渇望にのまれるようで、決して逃げられないのだとわかった。

「あ——」

「途中でやめないって言っただろう」

暮林は悟の過敏な箇所を何度も指先でかすめ、彼を官能に溺れさせる。悟は苦しいくらいにきわまって、そり返った先端からみっともなく雫をしたたらせては、脚の付け根まで伝って暮林の手首を湿らせる。

「あ…っもぅ……っお願い——やぁ…っ」

「そんなに気持ちいいのか」

「いや…っよく、なんか……っあぁぁ…っ」

鋭敏な粘膜を指先で押し上げられ、すさまじい快感に全身を貫かれて、悟は一息に達してしまいそうだ。ただそれを、暮林が彼の根元を絞るように摑んで許さなかった。

「まだ早いだろ、悟」

「ああ…っやめて……っ手、離して…ぇ…っ」

生殺しの快楽に苛《さいな》まれ、悟は泣きながら、その先端からも雫をこぼした。ぬめりに覆われたそこはいたずらっぽく撫で回されて、痛々しげにとがっていく。出口のない喜悦に、腰が砕けそうだと思う。

「お前のなかは狭くて熱いな。どんどんやわらかくなってくる」

早く入れたいと、暮林に肩ごしに囁かれ、腰骨がわななく。指でいじられただけでこんなに乱れているのに、彼を迎え入れる段になったら、いったいどうなってしまうのか。

そう思っても、あの感じすぎる部分をやさしくなぞられるたび、耐えがたいほどの歓喜が広がり、内からこみあげるものがある。体の奥から、自分でも知らなかった熱い何かがにじみ出し、襞と暮林の指を潤《うるお》していくのがわかる。

「あ…っや——な、何…これ……っ」

「お前——なかも濡れてるのか」

暮林もその指でじかに感じとったらしく、驚いたように言った。

そこは暮林の唾液や悟自身のぬめりだけではないもので、最初よりも格段に濡れていた。

「やぁ…っ違う、あぁ…っこんなの、知らない……っ」

恥ずかしさのあまり、悟は狂ったように首を振って否定する。暮林に開かされた体が、自分でないものに作り変えられていく。

「うれしい誤算だな」

それを契機のように、暮林がなかで二本の指を広げて、ゆっくりと引いていく。内側から襞を伸ばされる不安な感覚があり、縁を通り抜ける際に、くぼみが指を手放すのが惜しいように締めつけて、悟はもう顔を上げられなかった。

「あぁ――……っ」

悟がしどけなくベッドにくずおれそうになるのを、暮林が片腕で受けとめてのしかかってきた。性感に震えてされるがままの、彼の体をあおむけにし、改めてその腰を抱え上げた。

スラックスのファスナーを開けば、熱く息づいたものが迫ってきて、悟の狭間を割る。くぼみにあてがわれるその猛りが、暮林の体熱が悟をたじろがせた。

「く、暮林さん……っ」

「力抜け、お前がつらいだろう」

「だ…って――」

だったらやめてくれと、頼んでも無駄なのはわかっていた。暮林の眼はうかされたような光をたたえ、吐息が上気している。今にも悟を喰《く》い殺しそうな顔をしている。

いくら指で慣らされたとはいえ、暮林自身の圧倒的な熱には遠く及ばず、くぼみの縁を押し開かれる感覚に、割り裂かれた内腿がこわいように攣れる。

「や…あ……っ」

悟が涙を浮かべて首をすくめると、暮林はその怯えにあてられたかのように動きを止めた。悟の脚を抱えたまま、背をかがめてその顔を覗き込んでくる。

「そんなにいやなのか」

狂暴な熱を発しているくせに、暮林は痛ましげに眼を細めて悟を見つめている。彼の体を思いやり、その負担を察しているのだろう、奥歯をきしませて先走る欲望を抑えているようだ。

そうなると、悟のほうが申し訳ない気がして、それに暮林と一つになりたいという願いも依然として強く、ほだされるみたいに頬を寄せて、初めと同じ台詞を囁いていた。

「好きに……して下さい」

「——くそ…っ」

その献身めいた物言いに駆り立てられたのか、暮林はやめられない自分を悔いるように吐き、先端を押しつけてきた。

「は…ぁ…っん……っ」

悟の呼吸に合わせて、暮林はぎりつめた先端で襞をかきわけ、体を進めてきた。だが決して強引ではなく、その腰を揺すりながら、ふれあう粘膜をなじませるように身をうずめる。悟が引きつるような違和感に耐え、暮林をすべて収めるまで、苛立つくらい時間がかかる。

「きつくて狭い——痛いくらいだな」

「あ…っ言わなくて、い……っ」

暮林が感じ入っているのも無理はない、悟は夢中で彼を締めつけている。狭く閉じた粘膜をうがたれる反射以上に、悟の体が、襞の一つ一つが彼をほしがっている。

「あぁ——…っ」

ここまできて、まだ着衣のままだなんて嘘みたいだ。悟はシャツをめくって下肢をむかれ、暮林のほうもスラックスをくつろげただけで、悟があふれさせるぬめりで服もシーツも汚れていた。

暮林を迎え入れ、悟は息がつまりそうな充溢《じゅういつ》感に痺れている。体の内側で、痛いような鋭い悦楽が腰骨から爪先まで伝っていく。

「お前、入れられて感じてるのか」

「違…っそうじゃな——あ…ぁん…っ」

悟がどう否定したところで、暮林の意外そうな目線の先では、脚の間で上向いた先端が濡れまみれてとがりきっていた。

今にも達しそうな勢いで、暮林が身じろぐたびに中心から雫があふれ出す。視線を遮るように股間を両手で覆っても、したたり落ちたぬめりまでは隠せない。

「もう……っ」

悟は自己嫌悪で消え入りたくなった。

淫乱《いんらん》だって、思われてるだろうか。初めてなのにこんなに感じて、さんざんよがって、軽蔑されたかもしれない。

暮林に嫌われたらどうしよう。

「違う、んです……っあぁっ」

必死で言い訳しようとした悟の手を払いのけ、暮林はその根元を強く握り込んだ。

「じゃあ、まだイかないはずだよな」

「あぁ…っそんな……っ」

暮林は指を強く絡めて、悟が一人だけ昇りつめるのをはばむ。かと思うといきなり腰を引き、襞を逆撫でされた悟はシーツの上でのけぞり、激しく身をよじった。

「んぁ…っあぁぁ……っ」

「見かけによらないな、悟。お前がこんなにやらしい体をしてたなんてな」

「あぁ…っな、に言って――ぁ…っ」

暮林はまるで、悟を言葉でいたぶって楽しんでいるようだった。

事実、悟は、暮林が浅く抽挿《ちゅうそう》を繰り返すのがもどかしくて仕方がない。もっと深くつながりたい――あの過敏な襞をえぐり、腰が浮くほど突き上げてほしい。

暮林の先端を望む場所に導こうと、悟は無意識に脚を開き、腰を揺らめかせていた。

「そんなに腰振るなよ」

「あ…っいや、だ……っ」

自分のしたこともだが、暮林に誘うような痴態を気取られて、悟は認めたくないように眼をつぶる。

「かわいい真似をされると、我慢ができなくなるじゃないか」

「い……ぁああ…っ」

暮林は色っぽい笑みを浮かべ、悟を最も感じさせる粘膜をわずかにめくり上げ、吸いつくような襞にとりこまれる直前で半ばまで抜き出す。物足りない快楽が腰にたまり、不満を訴えるように胸の突起が固くなって、シャツにすれて泣きたくなる。

「いや…っも……いや…ぁ…っ」

「どうしてほしいんだ?」

うわごとのように鳴く悟の耳元で、暮林が甘い低音で囁く。艶のある響きのいい声が、悟を脳までとろかせる。

「言え…な――あぁ…っ」

そんなのは、恥ずかしくて口に出せない、でも言葉にするまでもない。

悟はあらゆる粘膜を潤ませて暮林を求めている。彼を奥までのみこもうと、熟《う》れた粘膜がヒクついていた。シーツに爪を立て、彼に向かって腰をうごめかせる。

「悟――」

暮林はひどくやさしい声で悟を呼びながらも、意地悪くかわして彼をじらす。肝心なところにふれてくれず、凶器みたいな先端でその手前の襞を撫でさする。

「あぁぁ……っ」

じれったくてたまらない。

内側からの刺激だけでも十分、愉悦に身を焦がされているというのに、相変わらず股間を捕えられ、射精を止められている。絶頂の寸前にとめおかれ、おかしくなりそうだ。

「俺が好きだろう?」

暮林が悟の顎をすくいとり、間近に眼を合わせて言う。問いというより強制に近く、そう願うように、意地でも悟に言わせたいみたいだった。

「あ…っ好き……っ」

考える間もなく悟は、暮林の首に腕を回して口走っていた。残る片手は、悟自身を握り込んだ暮林の手に重ね、下肢をくねらせてねだった。

「好き、です、暮林さん…っ」

何より悟はさっき教えられたばかりの、あざやかすぎる快感をその身の内で、暮林とともに味わいたくて、いやらしく腰を振り立てて懇願した。

「だから早く……っ」

「早く——なんなんだ？」

悟があれほど本心から告白しているにもかかわらず、暮林は納得しなかった。彼のほうだってつらくないわけがないのに、はじけそうな熱を抱えたまま、悟のなかで動かない。

「早く、どうしてほしいか言ってみろ」

初めの羞恥心は、すでに砕け散っていた。

けれど悟はもはや、まともに頭が働かない。体中が疼いて、ジーンズのずり落ちた膝下もシャツがはだけた胸元も、シーツにこすれる腰も、どこもかしこもほてっている。

熱くて、歓喜にのまれて性感にまみれて、もう一秒も待てない。正気を失いそうだった。

「あぁ…っも…っ許して……っ」

涙目で乞う悟は、耳元まで朱に染まり、開いた唇からは濡れた舌を覗かせて、湿った喘ぎを洩らしていたのだろう。そのなまめかしさにあてられたのか、暮林が悟のなかで脈動する。

「少しいじめすぎたな」

「ん…あぁ……っ」

暮林は薄くにじんだ悟の涙を舐めとると、その股間から指をほどき、代わりに膝を抱え上げて押し入ってきた。

その勢いで口づけてきて、悲鳴のような悟の嬌声を封じる。彼の下唇をなぞり、歯列を割って入り込んでくる暮林の舌は、しみついた煙草の味がする。ふるいつくような荒っぽさで、暮林もまた彼と同様に切迫しているのだとわかった。

「ふ…ぁ…んん……っ」

悟の口腔《こうこう》内を舐め回し、その舌の根をからめとって貪欲《どんよく》に吸い立てるばかりか、暮林は腰骨がぶつかるほど深々と彼を貫き、あの弱い部分を先端で突き上げた。粘膜が収縮し、暮林を恋しいように引き込んで、火傷《やけど》しそうに熱いほとばしりが叩きつけられるのを感じた。

「あ――…っ」

脳天まで駆け抜けるような快感が背骨を伝い、悟はふさがれた唇の隙間からあられもない声を放って、一気に昇りつめた。暮林のスーツに、たまった熱を吐き出してしまう。

「す、すみませ――」

悟はようやく解放された安堵と疲労からシーツに沈み込み、謝ろうと口にした言葉さえ舌がもつれていた。

「気にするな。どうせこれからもっと汚れる」

暮林は軽く受け流し、悟のなかで、なぜか再びゆっくりと動き始める。

「え…っそんな、あ…っ嘘……っ」

驚いたことに暮林は、一度達しているくせに、ほとんど力を失っていなかった。邪魔なふうに悟のジーンズと下着をとり払って床に投げると、やわらかく濡れた襞をまといつかせ、彼の裸の膝を抱え寄せて、過敏な粘膜をすり上げた。

「あぁ…っいや…っだ、もぅ…やめて――…っああぁ…っ」

「まだだ。今夜は俺が満足するまで付き合ってもらうぞ」

「や…っ無理――…ぁん…っ」

青ざめる悟の怯えとは逆に、なかの粘膜を押し上げられる快感に、体の奥から期待に満ちて雫がにじむ。十分に湿った襞が暮林を包み込み、その昂ぶりに感じ入ったみたいに、悟のほうも先端にぬめりを浮かべていた。

「くれ…林さ……っお願い、です…あぁ……っお願い、だから…ぁ…っ」

悟が懸命に頼んでも、暮林は聞き入れてくれなかった。力強い両手で悟を抱きしめ、脚も絡めて離さず、その耳朶をついばみながら低く言った。

「悪いが、もう止まらない」

「そんな……っあぁ…っ」

その夜は、何度暮林に抱かれたかわからない。気が遠くなる瞬間にたびたび襲われ、すぐに快楽に意識を引き戻されて目が覚めた。

「かわいいな、悟。お前がほしい――」

暮林は情事の最中、悟をあやすように囁いた。ベッドのなかでの睦言《むつごと》だと、わかっていても体の芯が痺れた。

過ぎた快感がつらく、潤った粘膜がヒリついてきて、悟はもうやめてくれと泣きついたけれど、暮林は際限なく求めてきて、眠らせてくれなかった。

「あぁ…っ暮林、さん……っ」

つらくて気持ちよくて、暮林にしがみついて泣きながら、でも今だけは彼は自分のものだと思った。


暮林《くればやし》は結局、朝まで離してくれず、悟《さとる》は終わってからも半ば放心してベッドに沈み込んでいた。

「シャワーくらい浴びたいだろう」

「あ――はい…」

暮林の問いにも生返事で、快楽にもまれた体をぐったりと横たえていると、暮林は見かねたふうに悟からシーツを引きはがし、軽々と抱き上げてしまった。

「わ……っ自分で歩けますっ」

バスルームへと向かう暮林の腕のなかで、悟は降り立とうと身をよじったものの、その厚い胸は彼を抱え込んで離さなかった。

「強がるなよ、ろくに腰も立たないだろう」

「……っ」

暮林はからかうでもなく、その親切が悟を気恥ずかしくさせる。

確かに腰が重く下半身の感覚が鈍かったが、それよりも粘膜の痛みのほうがこたえた。あらぬ場所がヒリつき、またやりすぎると内腿《ふともも》もすりきれたみたいに痛むのだと知った。

それに暮林の、とんでもないものでひたすら抜き差しされたせいか、なかが広がっている感覚というか、異物感が残っている。

「俺のせいだな――止まらなかったんだ。悪かった」

暮林なりの心遣いなんだろうけれど、そう言って悟をバスルームのなかにまで運び込もうとするのにはまいった。

「あの…っひ、一人でできます」

「そうか？」

暮林は悟をパウダールームに下ろしながらも心配そうで、バスタオルを渡した後、きっちり言いおいて出て行った。

「つらいようなら呼べよ」

絶対、呼びません。

ドアを閉めてからも、不意に暮林が踏み込んでくるような気がして落ち着かない。

シャワーを浴びている間中、曇り止めをされた鏡に、首筋や胸元は勿論《もちろん》、腰から脚の内側まで赤く痕《あと》が散っているのが映って、消え去りたいような気持ちになった。

暮林の肌やその愛撫が思い出され、体が熱くなって、粘膜が収縮したためか、狭間《はざま》の奥から余韻《よいん》のように彼のものが伝い落ちてくる感触があった。

「一人でよかった……」

入れ代わりで暮林がシャワーを使っている間に帰りたかったが、最新鋭の洗濯機でも乾燥が間に合わず、陽が高くなってから自宅まで車で送ってもらった。

「ありがとうございました、せっかくのお休みの日なのに」

助手席の窓から見上げた分譲マンションは、購入して十年にも満たないにもかかわらず、風雨にさらされて薄汚れていた。悟の父親の生涯をかけた買い物はまだ二十年以上ローンを残し、早くも古び始めている。

暮林のデザイナーズマンションとはえらい差だった。現実に帰ってきた実感がした。

「じゃあ、失礼します」

悟が腰への振動をおそれてそろそろとドアを開けるのに、なぜか暮林もキーを抜いて車から降りようとしていた。

「何してるんですか」

悟がおそるおそる尋ねると、暮林はいたって真面目《まじめ》な表情で答える。

「連絡せずに泊まらせたから、ご両親にお詫《わ》びと、挨拶《あいさつ》くらいはしとかないといかんだろ」

「やめて下さいっ」

悟はほとんど悲鳴のような声を上げていたと思う。

土曜の朝に両親がどんな格好をしているか、自宅でくつろいでいると言えば聞こえはいいが、要するにほとんどパジャマのようなだらしない部屋着で寝転がっているに違いない。新聞紙の積み上がった玄関と、下駄箱の上の無秩序な置き物も見られたくない。

「まだ寝てると思うんで」

「……なら遠慮したほうがいいな」

「はい、ぜひっ」

悟が首がとれんばかりの勢いでうなずくと、暮林はきれいな眉を疑わしげにひそめた。

「お前、俺を親に会わせたくないんじゃないだろうな」

「そんな…ことない、です」

図星だった。

暮林は別に、さえない中年夫婦の両親を見ても、バカにしたり軽んじたりしないだろう。悟が勝手に気後《きおく》れしているだけだ。

そんな自分が恥ずかしくて、両親にも申し訳なくて、悟は車から降りてドアを閉めようとした。

「じゃあ――わざわざ送って下さってありがとうございました」

「悟」

ドアを閉めた代わりに助手席側の窓が下がり、暮林がマンションへと向かいかけた悟を呼び止める。

通りのいい甘い声で、ベッドの外でもその名を口にし、悟を振り向かせた。

胸を突かれるような、疼《うず》くような心地よい感覚に眼がくらんだ。

「俺は月曜の夜から出張で、来週いっぱい社には顔出せない」

「あ、はい――」

仕事の指示かと思ったら、暮林は意味ありげな伏し目で笑みを浮かべた。

「だから、名残惜《なごりお》しいけど再来週な」

「え……っ」

再来週って何がと、訊《き》く前にエンジンがかかり、ジャガーはさすがの初速で走り去った。

まさか暮林はまた、悟と――ああいうことをするつもりなのだろうか、今回かぎりでなく。

そう思うと体の奥がほてるようで、こわいんだか期待してしまったんだか、膝《ひざ》まで震えが来た。

「ただいま」

朝どころか昼帰りの悟を、母親が洗い物をしていた手を止め、台所から顔を出して迎えた。

「あら、あんた、泊まりだったの」

「うん、ちょっと」

井川《いがわ》家はかなりの放任で、両親は一人息子の悟が自室にいなかったことにも気づいていなかったらしい。

「女の子じゃないんだからうるさく言わないけど、電話くらいしなさいよ。何かあったら困るでしょう」

「すみません」

詮索《せんさく》される面倒がなくてよかったと思う反面、まさに「女の子だったらうるさく言われる事情」で外泊してしまったので、後ろ暗いというか、心持ちが悪かった。

半日前のことを考えると、暮林に抱かれたなんて嘘みたいで、もらったライターを証拠のようにとり出しては眺めた。週末は体が重く、ベッドから降りるのがおっくうで、枕元《まくらもと》にライターをおいて眠った。

月曜日に第六設計室のドアを開けるのは、けっこうな勇気がいった。

「おはよう、遅刻ギリギリだな」

運悪くドア口すぐのところに暮林が立っていて、その顔を見た途端、自然に顔が赤くなった。

「おは…っよう、ございます」

変に声が上ずり、悟はとっさにうつむいて暮林とすれ違う。

「井川、今やってる図面全部、昼までに一回こっちで見るから」

「はい、わかりました」

暮林の顔をまともに見られず、うなずいてそそくさと自分の席につく。

ひそかな横目でうかがえば、暮林は水性マジックでホワイトボードに予定を書き込んでいるところだった。高く通った鼻筋と骨っぽい顎《あご》、切れ上がった眦《まなじり》までが直線的で、清潔な印象だった。情事の匂いなど、一片も感じさせない。

あんな冷静に、有能そうな顔で仕事をしているのに、あの夜の暮林は別人みたいだった。巧妙で意地悪で、でもやさしくて、何度も何度も悟を泣かせた。

「……っ」

思い出すと体温が上がるようで、意識しすぎている自分が恥ずかしく、悟はマシンを立ち上げて製図の続きにかかる。

予定表のボードには、室長欄が赤字で埋まっている。〈月曜夜〜火曜：長野《ながの》、水曜〜土曜：北海道《ほっかいどう》〉とあるとおり、暮林は昨日から始まった長野のトリエンナーレにゲストとして招かれているという。

「世界に名立たる若手建築家」なんて評されている彼は、普段以上に遠い存在に思える。

不安を押し殺すように、悟はジーンズのポケットをさぐった。どこにでもある安物の、でも特別なターボライターをしのばせ、お守りのようにことあるごとにふれては、暮林のぬくもりを反芻《はんすう》した。

また、暮林は函館《はこだて》でリゾート開発の計画にも関わっており、その足で北海道に飛ぶらしい。

この出張は、悟にとってはありがたかった。暮林の顔を見られないのは寂しいけれど、どんな態度をとったらいいのか測りかねていて、一週間の猶予《ゆうよ》の間に心の波を鎮《しず》めたい。暮林がそうしているように、職場では普通に接することができるように。

「順調だな、残り少ないから、俺が帰ってくるまでには終わらせとけよ」

「はい、そのつもりです」

暮林は出張前であわただしく、その日、悟が言葉を交わしたのは昼休みの前にすべての図面を提出したときくらいだった。

六時過ぎて帰り支度をし、悟が設計室を出ようとしたとき、折悪《おりあ》しく室長席は空だった。さっきまではいたはずだと、部屋中を見回していると、事務の山本《やまもと》が察しよく教えてくれた。

「暮林さんなら煙草《たばこ》休憩じゃない？」

いくら話しづらいといっても、一週間会えないんだから挨拶くらいしておきたい。

悟はバッグを提げてフロアの端にある喫煙所に向かい、暮林の大きな背中に声をかけようとした。

「暮ば――」

それを中途でためらったのは、長身の暮林のむこうに桐子《きりこ》の姿が見えたからだ。彼女の手のなかにある小さなケースに、悟の視線は釘づけになった。

あれは暮林が、彼女に贈り損なった指輪ケースだ。帰りぎわ、シューズボックスの上に転がされていたのを見たから間違いない。

「せっかくの誕生日プレゼントなのに、なんでこんなとこで渡すかねぇ、この男は」

桐子の苦笑めいた物言いが、悟の予想を確かなものにした。

「――……っ」

どうして、と思う。桐子は一度、暮林をつっぱねたはずではなかったのか。

不吉な予感に血がざわめき、心臓が痛いほど収縮する。鼓動がやけに大きく響き、こめかみで脈打ってうるさいくらいだ。気管を押さえつけられたみたいに息苦しい。

桐子が優雅な手つきでケースのなかから指輪をつまみ、そらせた指にはめる。ホワイトゴールドに、王冠のような爪で包み込んだダイヤを高くかかげたセッティングで、遠目にも上品なデザインだった。

「小じゃれた店でも用意しといてって、こないだ言ったでしょ。この際、近場でいいわ、飯倉《いいくら》のキャンティあたり」

桐子が指定したのはイタリアンの有名店で、会社よりも暮林のマンションに近かった。

「俺はこれから出張だっつってんだろうが」

暮林は愚痴《ぐち》るように言い、新しい煙草をくわえて火をつけると、深く煙を吐いて桐子を恨みがましく見やった。

「お前もなぁ、どうせ受けとるなら一回で受けとれ」

「総《そう》さんが一六号なんてとんでもないサイズ買ってくるからでしょ」

「だってお前、手デカいじゃないか」

無造作な暮林の言葉に気分を害したらしく、桐子は指を伸ばして彼につきつける。悟の眼には、指輪を見せつけているようにも映った。

「指が長いだけよっ、私は九号です」

「だから急いで縮めてもらっただろ。店に頼み込んで、今日の昼に間に合わせてもらうの、大変だったんだぞ。機嫌直せよ」

そういう——ことか。

氷の手で喉《のど》を摑《つか》まれたみたいに、気管をふさがれて息ができない。冷たい呼気がつかえて、肺まで圧迫されているようだ。不穏に大きな鼓動はけれどいつもより遅く、重々しく肋骨《ろっこつ》を打つ。

貧血を起こしたときのように足下があやうく、首筋に鳥肌が立つ。急激に体温が下がり、胃まで凍《こご》えていた。

つまり桐子は、指輪のサイズを間違われたのが気に入らず、誕生日当日は怒ってつっ返した。暮林はそれを来年、独立するせいだと誤解して——寂しくて、人恋しい気分になって悟に傾いた。

「わかってる」

壁際で身を縮めている悟など視界にも入らないのだろう、桐子は満足げに指輪を眺めて華やかに笑う。

「総さんが事務所開いても、一緒にお仕事しましょうね」

暮林は苦々しく、口の先だけで煙草を吸って遠慮なく言った。

「おう、きっちり働いて返してもらうからな」

「やあねぇ、体めあての男みたい」

桐子の言葉が冗談になるくらい、暮林は仕事上でも彼女を必要としている。お互いにそれがわかっているからこそ叩《たた》ける軽口だった。

「……」

その事実は悟にとって、彼らの結婚よりも重たい現実だった。暮林の役に立てない、なんの力もない自分が悔しくて、己の小ささが身にしみた。

ポケットに手をつっこみ、ライターを握りしめても、この苦しさは癒《いや》せない。唾液《だえき》をのみこむと喉で派手な音がし、なぜか舌に灰の味がした。

悟は青ざめた顔でうなだれ、廊下の端に立ちつくしていた。一刻も早く立ち去りたいのに、凍りついたみたいに動けなかった。

「ま、もらえるもんもらったからいいわ。長野でも北海道でも行ってらっしゃい」

桐子は指輪を目の前にかざしながら言い放ち、暮林に手を振ってこちらへ歩いてきた。すれ違う際、今やっと気づいたふうに悟に笑みをくれて、小馬鹿にされたようだと思ってしまったのは、ひがみか被害妄想以外の何物でもなかった。

「井川、もう帰る時間か」

当然ながら、悟は隠れる間もなく暮林に見つかった。暮林は煙草を灰皿に投げ入れ、あわてたふうに歩み寄ってくる。

「ちょうどよかった、出かける前に話があったんだ」

皆まで聞かずとも、悟はあの夜のことを口止めされるのだろうと思い込んだ。桐子との仲が戻った以上、悟とのことは浮気どころか大きな疵《きず》になる。

「だ…い———大丈夫ですよ」

一週間にも及ぶ出張の間、出来心の火遊びが悟の口から洩《も》れる可能性を考えてすごすのは、さぞ不安だろう。

だから悟は、なんでもないふうに笑顔を作って暮林を見上げた。ぎこちなく攣れる口元を必死でやわらげ、こみあげるものを唾液とともに飲み下す。

刺すように心臓が痛く、鼓動のたびに肋骨がきしんで、砕けてしまいそうだ。喉がつまって涙声になりそうなのを、強がった笑みを浮かべて押し殺す。

「先週のことなら、俺、誰にも言いませんから」

「なんだ、いきなり」

暮林は端正な眉をしかめ、すぐには事態がのみこめないみたいに悟を見つめてくる。そばに寄られると煙草の匂いにまじってトワレが鼻先をくすぐり、暮林のぬくもりが肌によみがえるようで、眼の奥が熱くなった。

「お前、何言って――」

「失礼します…っ」

このままだと本当に泣きそうで、悟は暮林を遮って頭を下げた。音をたてて踵《きびす》を返し、逃げるように廊下を走っていく。

「井川、おいっ」

背中から追いかけてくる暮林の声にも振り返らず、悟はちょうどやってきたエレベーターに飛び込んだ。先客の驚いた様子にかまわず、ボタンを押してドアを閉めた。

エレベーターのすみで身を固くし、ライターを摑んで眼をつぶった。大丈夫だと、今度は自分に言い聞かせるために声に出さずに繰り返し唱えた。

一度だけだって、夢みたいな経験ができたんだからいいじゃないか。こうして記念の品までもらえて、いつだって思い出せるんだから。

暮林のためにはこのほうがよかったと、桐子との結婚も独立も祝福すべきだとわかっているのに、黒い感情に囚《とら》われてしまいそうだ。

「う……っ」

唇の隙間《すきま》から声が洩れ、社員達の不審げな視線を感じる。悟は一階に着くのが待ち遠しく、エレベーターから小走りに出てエントランスをつっきり、あやうく退社の打刻を忘れそうになった。

自分の気持ちはごまかせない。悟は暮林が、桐子と別れて沈鬱《ちんうつ》なままだったらよかったと思っている。だったら少しは自分にもつけこむ隙があったのにと。

本社ビルの外は夕方特有の、湿った熱気が立ちこめていたが、悟は寒くてたまらなかった。いくら足を速めても震えが止まらず、奥歯が鳴るのが耳障《みみざわ》りだった。

そんなことを考えているから、バチがあたったのだ。もう期待なんかしないと思いながら、いつだってかすかな希望にすがっている。物欲しげで浅ましくてみっともない、自分が大嫌いだ。

やっぱりあれは、誕生日の夜だけの、奇跡みたいな出来事だったのだ。夢見た後で突き放すなんて、神様は残酷だった。


翌日、悟がバイトに行けたのは、暮林がいないとわかっていたからだった。彼に抱かれた後の気まずさなど比較にならない、話すどころか顔を合わせる自信もなかった。

みっともなく泣きついたり悩んだりする自分を知られたくない。

しかし暮林の出張により、悟は初日の火曜日から早速《さっそく》、不自由をしいられた。彼に与えられていた図面の清書《せいしょ》が早々に終わってしまって、次にやることを見つけられないのだ。彼の専属のようになっていたために、新たな指示を出さずに出かけられると、悟は何をしていいかもわからない役立たずだった。

「あの、何かお手伝いできることありますか」

何度か製図を見直した挙げ句、悟は午後になって第六設計室の社員達におうかがいを立てた。自分の仕事を抱えている彼らは困ったふうに顔を見合わせて、若手設計士の一人が気遣って言ってくれた。

「じゃあこれ、FSS《エフエスエス》で清書してくれる？」

悟に渡されたのはビルの一室の平面図で、自社ソフトのFSSにも慣れた身には造作もない。

「できました」

悟が手早く書き上げて設計士に報告したところ、戸惑った表情をされてしまった。

「えっ、もう？」

設計士は自分の作業を中断して、悟から送られたファイルを開き、その出来を確認する。また悟の手が空くのを配慮して、同じビルの違う部屋の平面図を頼んできた。

「じゃあ次、これ」

悪いな、と思う。彼がわざわざ仕事を作ってくれているのは明らかだ。悟がそれを仕上げるたびに、逐一《ちくいち》チェックしなくてはならない。

かといって、バイト風情《ふぜい》に重要な製図をまかせるのはこわいだろう。そんなことができるのは暮林くらいだ。

「……」

こんなとき、暮林の大きさ、懐の深さがよくわかる。悟を、彼を認めた自分の眼を信頼していて、万一のときには責任をかぶる覚悟もある。

悟は無意識にジーンズのポケットをさぐり、ターボライターにふれていた。なめらかな表面に指を這《は》わせ、暮林という存在を痛感させられた。

そばにいるときも、いないときも、悟を支配している。

ライターから手を離し、悟は気をとり直してモニターに向かった。ことさら丁寧に線を引いてみたけれど、所詮はパソコン上での作業だし、さほど時間は稼げず、すぐに出来上がってしまう。

「ファイル、送っておきましたからお暇なときに見て下さい」

「あぁ、うん」

若い設計士は大事なところなのか、おざなりな返事をくれて、余計に申し訳なくなった。

悟は自分のデスクに戻りながら、自分をうとむような空気が設計室全体にただようのを感じていた。

「井川くん」

そこで一般職の山本が見かねたように声をかけてきて、部屋のすみを指差した。

「あそこの図面、整理してもらえない？　余裕ができたら見直そうと思って、どんどんたまってくまになってるのよ」

コピーや複数出力したものだろう、大判の設計図が丸められたり積み重なったりして乱雑にためこまれている。

「一応、件名と日付確認して。処分する前に、棚の元図がファイルに残ってるかチェックしてね」

やることを見つけられて、悟はひそかに息をつく。

「はい、わかりました」

ただＡ１やＡ２サイズの図面を広げるのは手間だったものの、基本的には単純作業で、終えるのに一時間もかからない。

暇な人間はいるだけで迷惑のようで、悟は身のおきどころがなく、そっと設計室を出た。総務に行って、雑用がないか訊いてみるつもりだった。

「井川くん、ちょっと」

その後から山本が悟を追ってきて、廊下の端で口を開いた。

「ごめんなさいね、手持ち無沙汰《ぶさた》にさせちゃって」

謝られるとなお、いたたまれなくなる。

「そんな、俺が一人じゃ何もできないのがいけないんです」

「そんなのあたりまえでしょう、うちに入って間もないんだから」

バイトだから、と言わないところが、悟を第六設計室の一員として認めてくれてるようで心にしみた。

「みんな忙しくて人のことまで手が回らないし、下手《へた》なことして暮林さんに怒られるのもこわいしで、井川くんを扱いかねてるのよ」

「暮林さんに怒られるって、なんでですか？」

思いもよらない理由に、悟は首をかしげる。

「見たまんま、井川くんて暮林さんのお気に入りじゃない。大事に育ててる先生の秘蔵っ子を雑用でこき使うのも気が引けるから、かといって自分の仕事に加わらせても、的確に指示出せなきゃかえって進行が滞《とどこお》るでしょう」

「お気に入りってことはないと思いますけど、暮林さんによくしてもらってるのはわかってます」

暮林が不在の今、設計室のなかで持て余されているのも。

それでも山本が、悟に手伝われると効率が悪くなると、正直に言ってくれるのはありがたかった。

「しばらく総務のほうで、働かせてもらおうかと思ってます」

悟が無理に作った笑みで申し出ると、彼女も安堵《あんど》の表情を見せた。

「それがいいと思うわ」

どうしたらいいんだろう、と思った。

花形の大手建設会社でバイトを始めたくせに、暮林によって自分が造りたいのは個人宅だと気づかされた。しかも肝心の暮林は独立して北相《ほくそう》を辞《や》めるつもりでいる。

だとしたら悟にとって、北相建設に入社する意味はない。

「それに――」

エレベーターを待つ数秒で、悟は声に出さずに呟《つぶや》いていた。

せめて暮林がいる間はと、未練がましくバイトに来ても、彼と桐子の仲睦《なかむつ》まじい姿を見せつけられて苦しくなるだけだ。悟のほうが先に、理由をつけて辞めたほうがいいかもしれない。

悟はうつむいてエレベーターから降り、総務のフロアに行こうとしたところで、構造設計室の森尾《もりお》と出くわした。

「悟ちゃん、今、暇あるか？」

「今？　大丈夫ですけど」

前置きなしに尋ねられ、悟が眼を丸くしつつ答えると、森尾は有無を言わさずメモ用紙を差し出してきた。

「ちょうどよかった、買い物頼まれてくれ」

渡されたメモに書かれているのはスタイロフォーム・スチレンボード・スチ糊《のり》といった、造形の授業でなじみのある物ばかりだ。

「模型ですか」

「そう、まごうかたなきな」

助かったと、悟はメモを握りしめて大きくうなずいた。

これで総務に行くまでもなく用事ができた。

「わかりました、すぐ行ってきます」

悟は会社から一番近い有楽町《ゆうらくちょう》のホビー店に走り、模型材料を抱えて構造設計室のドアを叩いた。

「おう、ありがとな」

森尾に迎えられて足を踏み入れると、部屋の奥では長テーブルをつなげた上に大判のケント紙が広げられていた。買ってきたばかりの材料から自然に推察されて、悟は不思議になって尋ねる。

「これってエスキース模型ですよね？　構造設計室ってこんなことまでするんですか」

エスキース模型とはデザインの決定稿が上がる前のボリュームスタディ、つまり主に外観の形態の検討用で、これを叩き台にして実施設計が行われる。どう考えても意匠《いしょう》設計の段階ではなかろうか。

悟の疑問に対し、森尾はその整った顔をしかめて肩をすくめた。

「しょうがねぇんだよ、第一様のお達しだからさ」

第一設計室はその名のとおり意匠設計室の権力における頂点で、設計部の統括をはじめとする重鎮が揃《そろ》っている。年齢層が高くて役付きが多いため、模型作りなんか下々に投げ渡すのも当然、というのも納得いく。

「こっちだって暇じゃねっつーに、無駄に高給とりの年寄りばっか集まりやがって」

森尾は憤慨《ふんがい》したように呟いているが、周囲の耳を気にして小声になっているのがほほえましい。

森尾はもとが愚痴っぽい性格ではないのだから、よほど忙しいのだろう。

「あの、よかったら手伝いましょうか」

おこがましいかと、悟が申し出た途端、森尾の眼が喜ばしげに輝いた。

「悟ちゃん、手ぇ空いてんのか？」

悟の手をとって大げさに握りしめ、その背中を叩いて長テーブルへと促《うなが》す。

「ありがとう、助かるぜ」

「俺もです」

悟のほうこそ、行き場がなくて落ち込んでいたのでうれしい。造形はわりといい成績なので、役に立てると思う。

「そういや暮林が留守だもんな。あいつ、当分帰ってこなくていいわ」

ところがそのエスキース模型は、思ったより手ごわかった。第一設計室から回ってきた手書き図面の寸法や形が微妙に違い、相互寸法を模型用の一／五〇に揃えるだけで、六時になってしまった。

「すみません、まだ途中なんですけど」

「悟ちゃん、明日の予定は？」

森尾は施工《せこう》図とベースだけの模型を眺めて尋ねてきた。

「特にない、です」

情けない話、暮林がいないと第六設計室では雑用すらままならないのだ。

「よし、じゃあ当分、悟ちゃんは構造設計室あずかりな」

だから森尾の提案は、悟にとっても渡りに船だった。

「え――いいんですか」

「いいだろ。もともとは総務のバイトに入ってたんだから、柔軟に動いてもらう分には問題ないって」

そういう事情により、悟は水曜日から構造設計室に通うことになった。一応、総務にも話を伝え、社内メール便の配達を午前午後の二回に増やして、あとは森尾の手伝いをする。

前日、中途になっていた模型は、正確な施工図さえできれば早く、スタイロフォームを切り出し、スチレンボードを貼り合わせて、その日の昼には完成した。

「悟ちゃん、自分で届けてこいよ」

森尾と二人がかりではあるが、自分の手で同じ階にある第一設計室に運んだ。

父親の世代のお歴々は全員が厳しい顔に見え、不必要に緊張したけれど、悟の作ったエスキース模型は意外にも好評だった。

「一日で作ったわりに、なかなかきれいに形をとってあるじゃないか」

「曲線の彫り下げがいいね」

急がせたのはわかっているらしく、壮年の設計士達はバイトの悟を軽く扱うことなく、素直に感心しているようだった。

「ご苦労さん、先に戻っててくれ」

森尾に言われて第一設計室を出たとき、おかげでちょっとうれしい気分だった。けれどむこうからやってくる桐子に気づいて、瞬時に陽気が冷める。

桐子は背筋をすらりと伸ばし、控えめに足音をたてながら歩いている。両腕にファイルだの資料だのを抱えながら、重さなど感じないかのように足どりは軽やかだ。すれ違う横顔は誇らしげに前だけを見て、悟など視界に入っていないかもしれない。

その手に指輪がはめられているかどうか、一瞬ではわからなかったけれど、悟を憂鬱《ゆううつ》にするには十分だった。首筋から寒気がして、胸の奥が鈍く痛み始めている。

ポケットのなかのライターをすがるように握りしめても、むなしさがこみあげるばかりだった。

暮林の手のなかにあったものをもらったと、あんなにうれしかったはずなのに、指輪と比べてしまうと色褪《いろあ》せて感じられる。値段のせいではなく、それぞれの立場を象徴しているように思えるからだ。

暮林が相手のために吟味《ぎんみ》して選んだ物と、間に合わせの用済みになったら捨てていける程度の物。

「やっぱ——きつい…」

何度思い知らされても、慣れるどころか痛みが大きくなっていく。膿《う》んだ傷口からまわりの組織を蝕《むしば》んでいくようだ。喉につかえた息が容易に吐き出せない。

そう長くはもたない自覚がある。暮林の名を耳にすることすら耐えられなくなるだろう。

悟はどれほど廊下に立ちつくしていたのか、構造設計室に戻ったのは森尾とほとんど同時だった。

「悟ちゃん、３Ｄ得意か？」

模型作りが終わったらお役御免かと思ったら、森尾は新たな仕事を用意していた。

「得意っていうか、慣れてるＣＡＤ《キャド》ならそれなりに」

「平面でＦＳＳ使えるんだろ？　ならいけるって」

悟は部屋の一角にあるデスクに導かれ、分譲マンションの図面と資料を渡された。森尾がパソコンを起動させ、悟がうんと言う前に、肩を押さえて坐《すわ》らせる。

「マシンはちょい古いけど、ネットワークにつながってるから、データはそれ使ってくれ」

「参考に、過去のファイルがあると助かります」

作業はＦＳＳのマニュアルを見ながらで、最初はかなりてこずったものの、先例を参照できたのが幸いし、ほんの一部屋分とはいえ、夕方までに言われたとおりの図を作ることができた。

「森尾さん、すみません」

「どうした、何がわからないんだ？」

「いえ、とりあえず試作してみたので、見てもらいたくて」

「もうできたのか!?」

森尾が発した驚きの声は、構造設計室は人の出入りが激しいため、さほど目立たずにすんだ。

「できたって、試しの一室だけですよ」

過大な期待をされるのは困り、悟は言い訳がましく口ごもったけれど、森尾の耳には入っていないらしい。背をかがめてマウスを握り、立ったまま次々とクリックしていく。

「色分けしたほうがわかりやすいかと思ったんで、何種類か作ってみたんですけど、どうでしょうか」

過去の手法を踏襲《とうしゅう》しつつ、悟は自分なりの改良を加えていた。

通常の透過図は背景を暗くして線を浮き出させ、他に半透過で鉄骨と鉄筋をそれぞれ別色表示する。柱梁《ちゅうりょう》の断面と接合部の構造が見やすくなったと思う。

「……悟ちゃん、FSSで3Dいじるの初めてなんだよな?」

「はい、何かまずかったですか?」

初歩的なミスをしたのだろうかと不安になってうかがうと、森尾は感心してるんだかあきれてるんだか定かでないため息を洩らし、苦笑して悟の頭を撫《な》でた。

「こりゃ、暮林が心配するはずだと思ってさ」

——どういう意味だろうか。

「この調子で進めてくれ」

「わかりました」

何にせよ、出来には満足してもらえたようで、悟は安心して答えた。

一部屋作って要領は摑めたが、マンション一棟となるとけっこうな作業量で、しばらくかかりきりになりそうだった。

暮林が構造設計室に乗り込んできたのは、翌週の月曜のことだった。

「井川、どこだっ」

出張明けだというのに、暮林は朝っぱらから猛々《たけだけ》しい。ノックもせず叩きつけるようにドアを開け、部屋の奥まで踏み込んできて悟の腕をとった。他の社員達は視界にも入っていないのか、まるで人目を気にする様子がない。

「なんでこんなところにいる？　わかるように説明しろっ」

「暮林さん――」

悟は二の腕を捕えられ、引き上げるような勢いで椅子《いす》から立たされる。

暮林は激昂《げっこう》したように顔を紅潮させ、そのまなざしは切れるほどに険しい。黒い瞳が憤《いきどお》りに燃え立ち、眦がつり上がって、悟の息の根を止めたいみたいな迫力がある。

悟は射すくめられてとっさに声も出ず、ただ周囲の不審そうな視線が寄せられるのは感じていた。ことに森尾の、眉をしかめた怪訝《けげん》な表情がいたたまれない。

「あの、そ、外に――」

心臓が縮こまり、動悸《どうき》のように脈打つのが痛いくらいで、悟はつかえながらかろうじてそれだけを口にした。暮林がかすかに舌を鳴らし、悟の腕を握り込んだまま廊下へと彼を引きずっていく。

「どういうことだ」

構造設計室のドアを荒っぽく閉めてからも、暮林の非難がましい口調は変わらなかった。こらえるように奥歯を嚙《か》みしめているため、形のいい唇の端が引きつれている。そうでもしないと今にも悟を喰《く》い殺しそうな、不穏な空気をたたえていた。

「どうって……」

脅《おど》すように迫られているのに、悟は暮林を前にして胸をざわめかせている。彼に怯《おび》える一方で、その顔を見て声を聞いて、存在を身近に感じられるだけで泣きそうだった。

たった一週間離れていたくらいで、もう全身で彼を恋しがっている。好きだ、と思う。

「あの、暮林さんに言われてた図面の清書が終わって……じ、時間が空いてて、ちょうど森尾さんが手伝いがほしいってことだったから、それで」

暮林に断りもなく構造設計室に移ったため、気分を害してしまうかもしれないとは思ったが、ここまですさまじいとは予想していなかった。また出社早々、怒鳴り込まれて、心の準備ができておらず、悟の説明はたどたどしかった。

「ふざけるな、勝手にもほどがある」

それが言い訳めいて聞こえたのだろう、暮林はますます眉をつらせ、うなるように洩らした。悟の腕をたぐるように半歩近寄せ、背をかがめてくる。

暮林の大きな影が落ちてきて、追いつめられたような気分になる。

「で…も、人手がたりないところで、少しでも役に立てたほうがいいと思ったんです」

森尾が前述していたとおり、悟はもとは総務のバイトとして入ったのだから、ここまで責められる謂《いわ》れはない。仕事もせずに第六設計室に居坐ってるほうが悪いだろう。

「だいたい、なんで森尾なんだ。俺へのあてつけか?」

「あてつけって——」

暮林の声はあくまで低く、その眼はたぎるようで、悟の腕を摑む力は強い。

「この一週間、俺だって気にはなってたんだよ。でもケータイの番号も聞いてないって気づいたのは長野に着いてからだったんだから、しょうがないだろう」

暮林の声音はとげとげしいものの、どこか弁解がましい。もしかして、悟と一晩を過ごしたことに負い目を感じているのだろうか。

暮林の気を楽にしたくて、悟は割り切ったふうに言った。

「バイトのことなら、そんな心配していただかなくて大丈夫です。前みたいに総務にも行ってるし、今、森尾さんに見てもらってるんで」

「誰が仕事の話をしてるんだっ」

ところが暮林はいっそう声を荒げると、悟の二の腕を怒りにまかせて握りしめた。シャツごしに指がくいこみ、骨がきしむほどで、摑みつぶされるんじゃないかと思う。

暮林が自分を鎮めるように息をつき、悟を捕える手をゆるめても、腕に痺《しび》れが残った。

暮林は感情を抑えるように、平坦な口調で言う。

「連絡先くらい教えとけ」

「……会社にかけてもらえばつながるし、指示もいただけたと思いますけど」

正直、悟には、暮林がここまで憤っている道理がわからない。

けれど悟にとって当然の物言いは、なお暮林の気に障ったらしい。

「だから仕事だけの話じゃないって言ってるだろうっ」

高ぶった語尾が響き、廊下のむこうを歩いていた社員が何事かと眉をひそめ、そそくさと去っていく。

暮林は眉根を寄せ、頬《ほお》が攣《つ》れるほど奥歯をきしませて、自分でもわからないふうに首を振った。

「いや、仕事もだ――こんな急に、俺の下から逃げるつもりか」

「……っ」

暮林がほのめかしているのはあくまでバイトのことなのに、彼を避けたい理由がよそにあると見透かされたみたいで、悟は言葉がなかった。

「だいたいなんなんだ、このよそよそしさは？　先週、最後に会ったときから変に他人行儀で、何が気に入らないんだ」

暮林は問いつめるように悟の眼を覗《のぞ》き込んでくる。桐子とよりを戻す場に悟が居合わせたことを、忘れているのだろうか。

あんなものを見せられて、悟が平気でいられると思っているのか。

胸が締めつけられ、痛くて息がつまる。喉の奥で言葉がつかえ、でも恨み言を口にしたところで暮林を困らせるだけなのはわかって、苦い唾液とともに飲み込む。

「別に、そんなことない……です」

「じゃあなんで、何もなかったような顔をしてる」

暮林は額《ひたい》がふれんばかりに顔を近づけてきて、睨《にら》むように悟を見つめる。その強い視線に貫かれ、思わず本音があふれそうで、悟は眼を伏せて顔をそむけた。

何かあったと知られて不都合なのは、暮林のほうなのに。彼の想い人はあくまで桐子で、悟は一夜かぎりの身代わりにすぎない。なぜそんなにこだわるのか、あるいは罪悪感に苛《さいな》まれているのか。

一時の気の迷いで悟を抱いてしまったと、もし謝られたらそれこそお互いつらい。

「何言ってるのか、わかりません」

だから悟は、あくまでしらを切り通すことに決めた。

あの夜のことで、暮林が気に病《や》む必要はない。彼を無駄に悩ませるくらいなら、悟の胸だけに秘めておく。何事もなく前と同じ、室長とバイトの立場に戻ればいい。

「お前――」

暮林は怒りで声もないように呟く。瞳のなかで暗い炎が揺らぎ、砕けんばかりに悟の腕を握り込んだ。これ以上、廊下で押し問答しても無駄だと思ったのか、悟を力ずくで連れていこうとする。

「とにかく来いっ。俺が戻ったからには続きだ、お前は第六であずかってるんだからな」

「でも……っまだ今の仕事が途中で――」

暮林が強引に足を踏み出したとき、構造設計室のドアが開いた。

「いい加減にしろよ」

森尾があきれたように洩らし、少しは気にしろと言わんばかりに部屋のなかを目線で示す。廊下に出てきて後ろ手にドアを閉めると、暮林と悟の間に割って入った。

「デカい声で喚《わめ》き立てやがって、捨てられ男の逆切れか」

えらい言いようだが、暮林とのやりとりが筒抜けだったと思うと、悟は決まり悪くてうつむいた。

一方、暮林は邪魔するなと言いたげに眦をつり上げて森尾を睨む。手を離せばとられるとでも思ってるみたいに、悟の腕を摑み寄せ、怒気をみなぎらせて口を開いた。

「お前――…っわかってて言ってんじゃないだろうな」

まるで森尾の指摘があたってるみたいな物言いで、捨てられ男という表現を否定しない暮林もどうかしている。

暮林は悟を背後に押し隠すように、彼と森尾の間に立ちはだかる。長身の二人は、悟の頭上で話を始めてしまっていた。

「井川はまだ実践《じっせん》にふれ始めたばかりの見習いなんだ。覚えさせることは山ほどある」

「その『覚えること』にうちでの仕事が入っちゃいけない道理はあるまいが」

森尾は挑むような語調ながらも口元に笑みをたたえ、なだめるように言った。

「そういきり立つなよ、おっかねぇな。お前が心配するようなことにはなってない」

「俺が何を――」

「大事に育てたいんだろ?」

森尾の一言に、暮林の顔から険が引いた。悟の腕からも手がゆるみ、暮林の興奮がいくらか治まったのが知れた。

「悟ちゃんのこの気質じゃな、気ぃ揉《も》みたくなるのもわかるよ。俺だってつぶしたくないのは同じだ、ていのいい使いっぱにしてるわけじゃない」

「……」

「それにしたって、お前はちょっと過保護すぎだけどな」

暮林は意外にも、森尾の言葉におとなしく耳を傾けていた。苦笑まじりのからかいにも乗らず、森尾の真意をさぐるようにその顔を凝視する。

森尾は刺すような視線にたじろがず、暮林を見返して言う。

「暮林の言い分はわかったけど、こっちの人手不足も切実だ。悟ちゃんにはとりあえず今やってる3Dだけでも仕上げてほしい」

「……わかった」

森尾の主張はしごくまっとうで、暮林は不承不承という感じでうなずいたが、自分の意志を押し通すのも忘れなかった。

「その代わり、その仕事がすんだら井川はすぐに返してもらうからな」

役者負けしている悟は、まったく口を挟む隙がない。当人をおいて話が進んでいく。

「悟ちゃんは物じゃねぇんだから、その言い方はないだろ」

「横からかっさらっていったくせに、お前が言うな」

暮林は恨みがましく吐き、悟を振り返って見つめ、彼にも森尾にもはっきりと告げた。

「頭数でおいてるわけじゃない。戦力としてあてにしてるんだ、いなくなられると困る」

その言葉を聞いた瞬間、胸が熱くなった。暮林の不機嫌に不安を覚えているのに、体の奥からじんわりとあたたかくなって、確かな鼓動が刻まれる。

こんな状況でも、暮林に評価してもらえたのがうれしいなんて、我ながら現金だ。

きわまったふうに黙り込む悟から、暮林はゆっくりと手を離した。不本意そうに指をほどく手つきが、ひどく名残惜しいように映る。

暮林は立ち去る前に、厳しい表情で悟に釘を刺していった。

「区切りがついたら即帰ってこい。いいな、井川」

「は、はい――」

悟は気圧《けお》されてうなずくしかなく、暮林が肩をいからせて歩き出すのを見送った。けれど彼の下に戻って普通にふるまえるか自信がなく、今から気が重くなる。

「そう不安そうな顔すんなよ。奴も出張で会社空けてた分、今週は忙しくて説教しに来るどころじゃないって」

森尾の慰めも、悟にとっては気休めとしか響かなかった。

「どうも、お騒がせしてすみません」

悟があいまいに詫びて構造設計室に戻ろうとすると、森尾が意味ありげな笑みを浮かべて言った。

「悟ちゃん、あんた、コンペとか賞とかあんま得意じゃねぇだろ」

「なんで――わかるんですか」

悟は打たれたように足を止めて森尾を振り仰ぐ。森尾にデザインを見せたこともないのに、やすやすと不得手を見抜かれている、そのわけは一つしか思いつかない。

「俺——そ、そんなに駄目…ですか」

普段の働きからそこまでわかってしまうのかと、悟は上目に森尾をうかがった。

「性格だよ、性格。仕事ぶりに人柄が出てるっつーか」

しかし森尾は首を横に振って否定し、悟の卑屈《ひくつ》な考えを退けた。

「入賞狙《ねら》うには、それなりのやり方があんだよ。過去の受賞作から傾向さぐったり、コンペなら主催者好みの奇抜さをてらったり、とにかく目立たないとな」

ゼミでも何度か、似たようなことを言われた。どうせ賞に出すなら頭を使え、と。

「悟ちゃんは、どんなときでも地に足のついた親切設計するだろ。違うか？」

森尾はそこまで言いあてながら悟を軽んじるふうでもなく、むしろ好ましげに口元をほころばせている。おかげで悟も、尻込みせずに意見を述べることができた。

「だって、住み心地や使い勝手がよくないと意味ないじゃないですか」

「それは長く使ってみないとわからないし、初見で一等にはなれない。でも、賞とってハクつけた奴が厚遇されるのも現実だ。そして野心が強い奴ほど出世する」

森尾の言わんとするところがわかるだけに、返事のしようがなかった。

「悟ちゃんは、自分で思ってるよりかなり優れた人材だよ。器用でのみこみ早くて応用が利いて、相手のことも考えられる。堅実で信頼される設計士になれるだろうよ。暮林も多分、同じ考えだ」

森尾はもったいないくらいほめておきながら、一言付け加える。

「うまくいけば、な」

「やっぱり――」

さっきのはお世辞で、力不足をほのめかされているのかと思ったが、違った。

「でもこういう大きな組織のなかにいたら、デザインするとこまでいけるかもあやしいぞ」

「え――」

「便利屋にされやすいんだよ。自己主張しないし使えるし、有能だしで、ちょっと頭働く奴なら踏み台にしたくなるだろうよ」

森尾の顔からは笑みが引き、その眼には憂《うれ》うような色をたたえている。青ざめる悟を真剣な表情で見下ろし、現実をつきつけるように言う。

「よっぽど上司や仲間に恵まれないかぎり、あぶないな。暮林も同じことを憂慮してるんだろう」

そんなようなことを、暮林にももう少し遠回しに言われた覚えがある。だから北相に就職するのは考えものだと。

だけど、たとえ暮林が悟を高く買ってくれていても、独立時のパートナーに選んだのは桐子だったじゃないか。

「そのへん、片岡《かたおか》女史と正反対だな」

独り言のように森尾が洩らし、悟は頭のなかを読まれたみたいで心臓がすくんだ。

「上昇志向むきだしで俺は苦手なタイプだけど、確かにウケのいいデザインするんだよな。マスコミ向け・業界向け・クライアント向けのわかりやすさっつーか」

森尾の指摘は逐一そのとおりで、悟を落ち込ませた。森尾の声が遠ざかるように響き、悟はどんどんうなだれていく。

悟にないものを持っていることで、桐子は暮林の仕事相手としても選ばれた。羨《うらや》ましくて、自分の無力さが情けなくて、こみあげるもので息ができなくなる。

悟はジーンズのポケットに手をつっこんで、あのライターを指でさぐる。掌《てのひら》に包み込んで握りしめたけれど、もうライターにふれるのは癖《くせ》になっていて、鎮静効果は低い。暮林が好きで、どうしようもなく恋しくて、胸が痛い。

ただ、苦しかった。


森尾が言ったとおり、暮林は四日も空けたせいで今週は多忙をきわめているらしく、あれ以来、音沙汰がなかった。

もっとも顔を合わせていないのは、悟のほうで避けているというのもある。

構造設計室は上のフロアにあるため、暮林と廊下ですれ違う可能性は低かったが、総務のメール便配達でも見つからないように、第六設計室に届けるときは入口に郵便物をおいてそそくさと立ち去った。

「あっ、おい、井が——」

電話中の暮林が悟が来たことに気づき、窓際の室長席で立ち上がったことがあったけれど、悟は暮林が動けないのを幸いに、聞こえないふりで廊下からドアを閉めた。

次にちゃんと暮林の姿を見たのは、その週の木曜日だった。

「あんまり根つめずに、適当に休憩挟んでメシ食えよ」

時刻は一時を過ぎ、森尾はそう残して先に構造設計室を出て行った。もうこんな時間かと、悟は3D製作の手を止めたものの、食欲がない。この暑さを考えると外に出るのもおっくうで、なんとなく社員食堂へ足を向けた。

フレックスとはいえ、正規の昼休みが終わるこの時間なら、席があるだろう。

北相建設は福利厚生のいい会社で、社食といえども侮《あなど》れない。和洋中と節操なく取り揃えたメニューながら味もなかなかのもので、値段が安いとなれば昼時はいつも混雑した。

悟が社食に降りていくと、思ったより人がいて、半分近いテーブルが埋まっていた。

食券と引き替えにお粥《かゆ》を受けとり、トレイを手にあたりを見回す。適当に居心地のいい席を探そうと視線をめぐらせているさなか、暮林に気づいた。

「――っ」

暮林は壁際のテーブルから、顔を横向けて悟を見つめている。悟が食堂に入ってきたときから見ていたに違いなく、彼が動くたびに視線がついてくるのが感じられる。さりげなく踵を返そうとした拍子に、うっかり眼が合ってしまい、そうと察した暮林が手を挙げて合図する。

こっちへ来いと、悟を呼んでいるつもりなのはすぐにわかった。

けれど暮林のまわりを第六の面々が囲んでいるにもかかわらず、隣に坐っているのは桐子なのだ。二人並んでいるのを眼にしただけで、刃物で貫かれたみたいに胸が痛い。心臓が収縮するのとは違う、鋭利な切っ先でえぐられたような痛みに息が止まる。

悟はトレイを握りしめ、頬をこわばらせたまま、かすかに会釈《えしゃく》をする。暮林から顔をそむけ、招かれているのには気づかないふうを装い、彼から遠ざかった。

視界の端で、はじかれたように腰を上げた暮林が、桐子に何事か言われて坐り直すのが見えた。

「……」

ますます食欲がうせる光景で、悟が手のなかのお粥を持て余しぎみにうろついていると、

「悟ちゃん、ここ空いてるぞ」

「森尾さん」

ちょうど一人で食事していた森尾に声をかけられ、向かいに腰を下ろした。暮林から遠い、出入口付近のテーブルなのも都合がいい。

「お粥だけかよ。夏バテか?」

「まぁ、そんなもんです」

恋やつれではないと思いたい。

「無理して食うこともないけど、体調管理はしっかりな」

「はい、心得ます」

お粥すら食べたくないとは言えず、悟がれんげでちびちび啜《すす》り始めたところ、出汁《だし》がきいていてな

かなかおいしく、抵抗なく喉を通ったのは幸いだった。

「そうだ、悟ちゃん、ケータイ持ってるよな」

森尾がその話題を持ち出したのは、悟が半分ほどお粥を食べ終えたときだった。

「えっ、今ですか？　鞄《かばん》のなかに入れっぱなしですが」

「あぁ、違う、番号だよ。あんたの作ったデータいじるとき、何かあったら連絡とれるようにしときたいから、番号教えといてくれ」

そういえば暮林も、携帯電話がどうのと言っていた。

「ええと、〇八〇―五四――」

「待て、今メモるから」

森尾が悟を遮って、ポケットから携帯電話をとり出す。森尾が入力画面に切り替えている間に頭のなかで番号を反芻して、不意に殺気めいたものを感じて背筋が震えた。

「何――」

痛いほどの視線を感じて顔を向ければ、暮林が桐子達とともに、こちらの出入口へ歩いてくるところだった。

暮林は無表情を保ちながらも頬が引きつっており、眦が切れ上がって、瞳に怒気をたたえている。悟達のいるテーブルの脇《わき》を通り過ぎるまで、横目に彼を捕えてまばたきもしない。青ざめているくせに暮林の眼が憤りに猛っているようで、悟は寒気を覚えた。

さっき、誘われたのに同席しなかったのがそんなに気に障ったのだろうか。

「いいぜ、悟ちゃん」

もう一度と森尾が携帯電話をかまえて番号を促してきて、悟は社食を出て行く暮林から眼をそらす。

「すみません、○八○——」

その後も暮林のおそろしげな目つきが引っかかったけれど、マンションの3Dを再開して作業に没頭するうちに忘れた。きりのいいところで中断してパソコンの電源を落とし、エレベーターで搬入口のある地下へと降りた。

「午後の荷物、受けとりに来ました」

悟は社内メール便の荷物をおおまかな宛先ごとに分けてワゴンにのせる。順に各部署を回って配達していき、総務まで上がっていったときのことだった。

「助かったわ、井川くんがメール配達の回数増やしてくれて」

顔見知りの事務の女性が、郵便物を確認しながら何気なく口を開く。

「実は前にももう少しうちのほう手伝ってほしいって言ったんだけど、暮林さんに怒られちゃって」

「え……っ」

そんな話は初耳で、悟は声を上げてしまい、眼を丸くして尋ねた。

「なんてですか?」

「『総務には新しく派遣が入ったし、そんなに人手がたりないなら、陽あたりのいい席でスポーツ新聞読んでる次長にでもやらせたらどうだ』」

事務の女性は暮林の口調ばかりか、眉を寄せて顔つきまで真似《まね》ている。彼の険しげな表情が眼に浮かぶようだ。

「バイトとはいえ期待の新人なんだから余計なことはさせるなって、けっこうな迫力で言われちゃ、とても頼めないわ」

「知りませんでした……」

悟は茫然《ぼうぜん》と、独り言のように呟いていた。

そんなこと全然、知らなかった。いつも自分のことに手いっぱいで、まわりに意識が回らなくて、暮林が陰で動いてくれたことに気づけない。

悟はジーンズのポケットを上から撫で、掌でライターの感触を確かめる。ワゴンの陰で拳《こぶし》を握りしめ、後ろめたいように眼を伏せる。

よくしてもらった分だけ報いたいと、思う気持ちに嘘はない。

でも――こんなに暮林に感謝して尊敬して、彼のことが好きなのに、どうして桐子との将来を祝福できないんだろう。彼の有望な前途を、幸せを願いながら、結婚も独立も喜べない。

暮林に比べて、自分はこんなにも醜い。

「じゃあ、失礼します」

立ち止まっていると自己嫌悪の深みにはまりそうで、悟はそそくさと総務を後にした。

人を好きになるのは、利己心や強欲さを思い知らされることなのかもしれない。

こんなときに暮林の顔を見るのは気が重かったけれど、悟が第六設計室に寄った際には、彼は運よく席を外していて不在だった。

「午後の配達です」

安堵の息をつき、悟は郵便物をおいて部屋を出る。ワゴンを押しながらエレベーターへと歩いていく途中、すぐ背後でドアが開く気配がし、思わず足を止めた。

だがそれが間違いだったと、気づくのに一秒もかからなかった。

悟がワゴンから手を離した瞬間、部屋のなかから腕が伸びてきて、彼の腰を抱え寄せるようにして引き込んだのだ。

「わ……っ」

そこは普段は会議室として使われている空き部屋で、今は電気もついていない。廊下にワゴンを残したままドアが閉められ、悟は有無を言わせぬ力で壁に背を叩きつけられた。

「な――……っ」

何事だと、驚きに息をのむ悟の目の前には、暮林が立ちふさがるように立っている。カーテンを閉めた薄暗い部屋のなかで、彼のおそろしげな形相《ぎょうそう》が浮かび上がる。

「どういうつもりだ、お前」

暮林は声をひそめているものの、全身から怒気が立ち上っている。鋭い眦はいっそう切れ上がり、陰影で眼窩《がんこう》が深く、たぎるような熱をはらんで悟を睨みつける。

顎がきしむほど奥歯を嚙みしめているのは、そうでもしないと今にも彼を喰い殺してしまいそうだからかもしれない。

「……っ」

あまりの迫力に、悟はすくみ上がって声もない。逃げ道を求めるように、無意識に目線をドアへと向けると、退路を断つように暮林が悟の顔の横に手をついた。広い胸でも押し迫ってきて、全身で悟を閉じ込める。

「な、何が――」

心臓が早鐘のように打ち、鼓動が肋骨を押し上げそうだ。全身の血がすごい速さでめぐり、こめかみだの耳元だの、掌だのので脈打つ。喉が狭まり、こわばって唾液を飲み込むことすらできない。

「何って、お前の態度に決まってるだろうがっ」

ろくに返事もできない悟をとぼけているとでも思ったのか、暮林は憤りもあらわに声を荒げる。眉をつり上げ、射るように悟を見つめてきて、その視線だけで彼の息の根を止めたいんじゃないかと思わされる。

「さっきのは……お邪魔かと思ったから」

社食での件を謝ろうとしかけたが、暮林の怒りは治まるどころか加熱する一方だった。

「さっきのことだけじゃないっ。お前、あれっきり何もなかったような顔して、森尾にべったりなのはどういうつもりだ」

怒鳴るように責め立てられ、悟は壁に背をすりつけるようにして身を縮める。鼓動が乱れ、上目に暮林をうかがうのもこわくて、顔をそむけるみたいにうつむいた。

「一週間ほっといたあてつけか？　森尾に乗り換えたって言いたいのかっ」

暮林は興奮して我を忘れているのか、随分と飛躍している。いや、彼が出張から帰ったばかりのときに似たようなことを言われた気がするが、あのときは動転して聞き流してしまっていた。

「何……言ってんです、か」

まるで気が多いと咎《とが》められているようで、悟はあきれたふうに顔を上げる。

だいたい彼には、暮林が激昂している理由がわからない。一時的な部署変更は納得したはずだから、森尾にこだわるのはおかしい。

万一あの夜のことが原因なら、いらなくなった玩具《おもちゃ》でも他人に拾われるのはいやだと、駄々をこねる子供の心理だろうか。

「森尾さんは――同じ大学の卒業生で、面倒見てくれてる…だけ、です」

口ごもりながら答えた悟に、暮林は皮肉っぽく唇を歪《ゆが》めて言った。

「確かにあいつは、お前抱くこと考えて、出張先のホテルで眠れなくなったりはしないだろうよ」

「――…っ」

露骨な物言いに、悟のほうが恥ずかしく、赤面せずにはいられない。暮林の瞳には確かに情欲の焔《ほむら》がよぎり、餓《う》えてるみたいに悟を見つめている。暮林の手や舌の感触が体のすみずみにまでよみがえるようで、血が熱くなり、動悸がひどくなる。

なぜ、と思う。桐子とうまくいっているのなら悟は用なしだろうに、どうして暮林はそんなことを言うのか。

「暮林…さん――」

悟がおそれるように暮林を仰ぐと、もう我慢できないみたいに顎を摑まれ、嚙みつくように口づけられた。

「ん……っ」

とっさにくいしばろうとした悟の歯列をこじ開け、暮林は舌を突き入れてくる。歯の付け根を奥までなぞり、上顎を執拗《しつよう》に撫でるさまはやけに余裕がない。息遣いも荒く、悟の口腔《こうこう》内をむさぼるように味わいつくそうとしている。

悟のほうはたまったものではなく、火傷《やけど》しそうに熱い暮林の舌と吐息にたじろぐばかりだった。暮林がより深く唇を重ねようと悟の顎をすくいとって上向かせ、その唾液が自然に伝い落ちてくる。かすかな煙草の味が悟の舌を刺し、粘膜がじわりと疼く。

「あ…ぅ……っ」

濡《ぬ》れた唇がこすれ合うたび、うなじから寒いようなざわめきが広がる。背骨にそって震えが下りてきて、暮林の燃えるような吐息を吹き込まれるにつれ、そのあからさまな性感に腰骨が熱くなる。

「や…め――う…っ」

暮林がどういうつもりか読めず、悟が抗っても無駄で、かすれた声を洩らした隙をついて、喉近くまで舌を差し入れられてしまった。

「は……っ」

暮林は一瞬で、悟の舌をからめとった。やわらかく感じやすい表面をすりつけられるだけでもたまらないのに、根元から引き出すように吸い上げられ、甘い痺れが背筋を駆け抜ける。下顎にたまっていた唾液までも舐《な》めとられ、いやらしく濡れた音をたてるのがいたたまれない。

暮林の口内に舌を引き込まれ、悟はさながら捧げるように彼を仰ぐ姿勢をとらされている。自分からほしがってるみたいに舌を伸ばし、暮林の歯列に挟まれて眼をつぶる。囚われた舌を暮林が縁どるように舐め回し、吸いついてはついばむ。

「あ…ぁ……っ」

その生々しさに眼がくらみ、愉悦《ゆえつ》がにじむようで、膝が折れそうだった。喉をそらしているのもつらく、すがるものを求めて暮林の腕を握りしめると、さっきまで拒もうとしていた悟が流されていると思ったのか、暮林は腹立たしいように舌に噛みついてきた。

「い――…っ」

確かな痛みが舌先に走り、血の味を感じた直後、暮林の舌に拭《ぬぐ》いとられる。反射的に引こうとする舌を押さえつけられ、脅すように歯を立てられた。互いの唾液にまみれ、唇も舌も痛みに似た甘美感に見舞われて、悟はこの官能的な口づけに溺《おぼ》れていた。

ところが暮林はそれだけでは満足せず、舌を絡めながら悟の胸に手を這わせてきた。シャツの上から彼の胸を撫で、突起をさぐりあてると、その根元をつまみ上げる。すぐにとがりゆく突起の、最も感じやすい先を、シャツごしに爪で引っかく。

「あ…っや――…っ」

暮林に覚えさせられた快感が胸の先ではじけ、脚の付け根へと落ちていく。股間が脈打ち、暮林の脚とふれあっているのも刺激が強すぎるくらいで、悟は必死の思いで身をひるがえした。

暮林の胸を押しやると同時に顔をそむけ、歯先で舌をこすられながらも唇をもぎ離す。彼の腕も振り払い、壁伝いに逃げるようにして、ふらつきながら距離をとろうとする。

「なん…で――」

名残にほてる唇は未《いま》だ痺れ、悟はほとんど吐息だけで問う。その眼は官能に濡れながら、怯えの色を浮かべているだろう。

暮林には、桐子がいる。このキスは悟のものではないのに。

暮林は悟の疑問には答えず、いや、初めからその囁《ささや》くような声音が耳に入っていないのかもしれない。じりじりと後ずさる悟へと足を踏み出し、瞬時に間をつめてきて、あっけなく彼を捕えた。彼の意志などおかまいなしに、その腰に腕を回して抱き寄せ、耳朶《じだ》にふれんばかりに囁く。

「何もなかったようなふりしても、体はちゃんと覚えてるんだな」

暮林は眉を曇らせ、唇をつらせて、苦しげな表情をしている。悟を籠絡《ろうらく》させた満足感などみじんも見られず、彼の心が手に入らないのがひたすらに悔しいようだ。伏せた睫毛《まつげ》の影が目元に落ち、その震えが暮林の高ぶりを伝えてくる。

「やめて、下さい」

何が原因だか定かでないが、ひどく暮林を怒らせていることだけはわかった。

でもこんなふうに、それこそ物みたいに扱われるのは耐えられない。第一、横暴すぎて暮林らしくない。

そう思っても、彼の腕のなかに囚われ、そのまなざしに縛られて、悟は身がすくんで動けなかった。

「こんなの……よくない、です」

悟は弱々しく呟いたものの、暮林は離してくれず、逆にいっそう強く彼を抱き込んだ。

「俺にさわられるのがいやなのか」

自分の言葉に傷ついてるみたいな暮林に、悟は答えられない。

本音だけ言えば、悟だって暮林にふれたくてたまらない。けれど一時の感情に流されてどうなるというのか、彼と桐子の関係を認めるたびにますます苦しくなるだけじゃないか。

「なんでなんだ、悟」

暮林は悟の背骨にそって、そのぬくもりを確かめるように撫で下ろしていく。

「急にそっけなくなって――」

せつなげに呟いたと思えば、悟の腰を掴み寄せて、自分から押しつけるようにして股間を合わせた。それればかりか暮林は、両手で悟の狭間を割り、ジーンズの上からとはいえ、その奥のくぼみを指でさぐった。突き立てるような手つきで、くぼみの表面を押す。

淫《みだ》らな声音で、悟を煽《あお》るように囁く。

「あの夜は、ここに俺をくわえこんで鳴いたくせに」

「や……っ」

耳朶が熱く、背筋にこわいばかりの性感が押し寄せて、悟は暮林の胸を突き飛ばした。これ以上、彼にふれられていたらなし崩しに抱かれてしまう確信があった。

夢中で身をよじって暮林の腕を振り切ると、悟は飛びつくようにドアノブを掴んで、会議室から転げ出た。ドアが壁に叩きつけられ、悟自身も床に膝をついて、騒々しさに廊下を歩いていた社員達が立ち止まる。あわてて立ち上がる悟と、追うように出てくる暮林に好奇の視線を向ける。

「何やってんですか、暮林さん」

「バイトくんいじめちゃ駄目でしょー」

人目のないところで説教しているとでも思ったのか、暮林と顔見知りらしい若い社員がからかうように言う。

暮林といえど、さすがにこの状況で悟を連れ戻すほど無分別ではなく、彼がメール便のワゴンを押して小走りになるのを止めなかった。エレベーターのボタンを押す悟の背後で、暮林がいまいましげに吐くのが聞こえた。

「やられてんのは俺のほうだろ」


その夜は、ベッドに入ってもなかなか寝つけなかった。瞼《まぶた》の裏に暮林の顔が浮かび、昼間の激しいキスが思い出されて、あわてて眼を開けた。薄暗がりのなかで身を縮め、唇を噛みしめると、かえって余韻のように口元がほてってった。

「は……っ」

暮林のやわらかい唇が、淫らに濡れた舌が、悟の口腔内を熱くする。飲み込んだ唾液に煙草の匂いがしそうで、喉の奥まで痺れた。

噛みつかれたときの、暮林の獰猛《どうもう》な息遣いがよみがえり、悟を眠らせてくれない。

しかし忘れたいように首を振り、寝返りを打ったのは逆にまずかった。

「あ…っ」

その拍子にパジャマのシャツが引っぱられ、布地が胸元にこすれる。痛いような刺激に突起が反応し、すぐさま固くなって、物欲しげに疼き始める。

会議室での暮林は、手つきこそ乱暴だったくせに、巧妙なくらい心得ていた。どうすれば悟が感じるのか、どこが弱いかわかっているみたいだった。

たった一晩で、悟の体を知りつくしている。

そう思うとますます頭に血が上り、眼が冴《さ》えてしまって眠れなくなった。呼気が上ずり、肌が発熱しているようで落ち着かない。

「――…」

悟は胸元に眼を落とし、このままでは寝苦しいばかりだと、自分に言い訳しながら掌を滑らせた。

「ん……っ」

シャツの上から軽く突起にふれただけで、確かな快感が胸の先から駆け抜ける。指先でつまんでみれば、じれったいような性感が伝い下り、脚の付け根に熱がたまるのが感じられた。下着のなかで身じろぐものを意識するまでもなく、自然に腰が揺れる。

誰が見ているわけでもないのに恥ずかしく、悟はベッドで顔を赤らめてうつむくものの、手は止められない。シャツを突起にこすりつけるように引っぱると、刺すような愉悦がはじけて股間が脈打つ。

もっとほしいように突起がせり出し、シャツを押し上げて輪郭《りんかく》がうかがえる。

「あぁ…っ」

我ながら見ていられずに顔をそむけ、その視線はベッドサイドの机へと向けられた。明かりを落とした部屋のなかで白く浮かび上がっているのは、暮林からもらったライターだった。

悟は熱っぽく潤《うる》んだ眼でライターを見つめ、机へと手を伸ばす。やめたほうがいいとわかっているのに、震える指はライターを摑んでいる。暮林の手のなかにあった物だと、考えたら背筋が攣れるほど興奮した。

「ん、あ…っ」

唇を嚙みしめていても、胸の先にライターでふれたときは、思わず声が洩れた。

シャツの裾《すそ》から手を入れ、握りしめたライターを突起にあてた瞬間、刺すような喜悦《きえつ》がはじける。

ビクリと腰が振れ、背骨がしなって、シーツの上で肢体が躍る。

「い…ぁ…っああ…っ」

必死に押し殺した声は唇からこぼれるまでにかすれ、身も世もなく喘《あえ》いでいるようだ。ターボライターの、クロムメッキの表面は冷たく、全身に鳥肌が立ち、いやでも胸の突起がとがる。これまでにないくらい固く、愛撫をねだるように。

暮林のことを考えて自慰にふけっているだけでもやりきれないのに、好意でもらったライターをこんなことに使ってるなんて知られたら、二度と顔向けできない。

羞恥《しゅうち》で死んでしまうと、思っているにもかかわらず、その背徳感がかえって悟の体に火をつけるのだ。

「あ、あぁ……っ」

ふれてもいない股間は昂《たか》ぶり、すでに先端をもたげていた。

内腿をすり寄せるものの、もどかしさがつのる一方で、悟は他方の手を下着のなかに入れる。胸元にライターを押しつけると同時に、自身の根元に指を絡めて握りしめる。暮林の愛撫を思い出し、指が勝手にその動きをなぞって、露出した先端を撫でた。

あの大きな掌が、節のある長い指が悟を弄《もてあそ》び、翻弄《ほんろう》するさまが眼に浮かぶ。

「あ…っ暮林、さん……っ」

恋しさのあまりその名を口走り、悟はくびれを締めながら先端をこする。あざやかな快感に打たれ、ぬめりがあふれて掌を濡らし、とがりきった胸も股間もさらなる刺激を求めるように突き出してしまう。

悩ましげに腰が揺れ、目の前に薄く涙の膜がかかって、暮林に骨抜きにされているのを実感した。

「あ――……っ」

先端からとめどなく湧《わ》き出るぬめりは縁からこぼれ、腰骨にそって脚の付け根へと流れていく。下着を湿らせながらも一筋は肌を伝って、後ろの狭間へと辿《たど》り着いた。その雫《しずく》がくぼみの表面にふれた瞬間、悟はシーツから腰を浮かせて背筋を震わせる。

「や……っ」

くぼみの縁が収縮し、新たな官能に見舞われて、拒むように眼をつぶる。体の奥からせり上がるものがあり、自分が何を望んでいるか気づかされたけれど、こわくてとても実行に移せない。

「あ…っもう……っ」

悟はシャツのなかでライターをとり落とし、両膝を内に向けて身をすくめる。暮林を受け入れたときの圧迫感と、意識を飛ばされそうな快楽がよみがえるようで、腰骨が痺れる。小刻みな振動が這い上がり、先端ではじけて、自分の手のなかに吐き出す。

「は…あぁ…っ」

行為が終わった後の、羞恥と罪悪感はひときわひどいものとなった。自分のいやらしさが信じられず、いっそ消えてしまいたい。

「なんで——」

前はこんなふうじゃなかった。欲望に血がざわめいて眠れなくなったり、泣きそうな快感に下着を汚したり、ましてや一度達した後で物足りなく感じるなんて、絶対になかった。

暮林に教えられた、鋭いまでの歓喜が体にしみついている。

自己嫌悪に苛まれて一晩を過ごしたせいか、眠りは浅く、何度も目が覚めた。翌朝になっても当然のごとく憂鬱は晴れず、出社するのにたいそうな気力を要した。

「おはようございます」

森尾に挨拶して席につくものの、何かというとため息がこみあげて、そのたびに意識してのみこんだ。

昨日、会議室で責め立てられたこともあり、暮林とは当分、顔を合わせたくない。今やっている3

Dが終わって第六設計室に戻ることを考えると気が重く、胸がつまる。

適当な理由をつけて、バイトを辞めてしまおうか。

追いつめられているのだろう、悟の思考はどんどん逃げの方向に傾いていく。

そうなったら暮林とは、きっと二度と会うことはない。もしかしたら何かの折に悟のことを、そんな奴がいたなぁなんて、思い出してくれることがあるかもしれない。

けれど日々は遠ざかり面影《おもかげ》は薄れ、そのうち暮林の記憶から完全に消え去って、悟がいたことすら忘れてしまうのだろう。

「……」

それはしごくあたりまえで、関わった人間すべてを覚えていられるはずがないのはわかってる。

でも悟がいなくても暮林の日常は何も変わらなくて、本当に何一つ支障なくて、それはひどく悲しいことだと思った。だったら暮林にとって、自分なんか存在しなかったのと同じなんだなぁと思った。

駄目だ——泣くかもしれない。

眼の奥がじわりと熱くなり、喉がふさがれるようで、悟は奥歯を嚙んで涙を押し戻す。強くまばたきをしてモニターに向かい、雑念を振り払って3D画像を作り続けることで、胸の痛みを抑え込んだ。

作業に没頭したせいか慣れたからか、今日はいつもより進みが速く、おそれていたとおり、夕方にはマンション数棟分の3Dを作り終えてしまった。

「ご苦労さん、今週でちょうど終わったな。これで月曜から暮林にギャアギャア言われずにすむ」

この日をもって森尾からお役御免を告げられたけれど、とても第六設計室に戻れてうれしいと思える状況ではなかった。

「どうも……お世話になりました。よかったらまた呼んで下さい」

挨拶とともに構造設計室を後にし、一人エレベーターへと歩いていく悟の足どりは重い。来週からどうしようと、うつろに悩みながら歩いていると、フロア奥の第一設計室のドアが開き、暮林が廊下に出てきた。

「……っ」

暮林は上司に呼ばれてたんだかなんだか、悟にとっては間が悪すぎて、気づかないふりもできない。暮林もドアノブを握りしめ、面食らったふうに固まっている。

「井が――」

我に返ったのは悟のほうが早く、最後まで名前も呼ばせずに床を蹴っていた。残り数mをあわただしく走り抜け、エレベーターのボタンを叩く。怒ったような足音が背後から近づいてきて、こわごわ振り返れば、暮林が腹立たしげな表情で駆け寄ってくるところだった。

早く……っ。

悟はこの場をしのぐことしか考えておらず、祈るようにドア上の回数表示を睨んでいる。ゆっくりと移り変わる光が二九という数字に宿り、ほとんど音をたてずにドアが開く。

飛び込んだエレベーターは幸いにして無人で、いよいよ迫り来る暮林の足音に背筋が寒くなる。鼓動は早鐘のようで、悟は閉のボタンをやけのように連打した。なめらかに閉じ始めるドアの動きは、いやがらせのように遅い。

暮林がエレベーターまであと数歩という時点で、ドアはほぼ閉まっていただろう。狭まるドアの隙間から、彼が顔を紅潮させて悟を睨んでいるのが見え、うなじが凍えるようだった。つり上がった眦と切れそうな視線に激情のほどがうかがえ、つかまらずによかったと、悟は安堵の息をつこうとした。ところが左右のドアが完全に合わさる直前、彼の瞳に殺気めいた光がひらめき、細い隙間に指がねじ込まれた。

「な……っ」

暮林はボタンを押す余裕もなかったのか、直接ドアに手をかけてエレベーターをこじ開けた。鼓動が派手にはね上がり、一瞬、心臓が止まったかと思った。

すくみ上がって後ずさり、壁に背中をはりつける悟の目の前で、重いドアが再び開かれる。

「なんなんだ、お前はっ」

暮林が怒鳴りながら飛び込んできて、その背後で無情にもドアが閉まる。エレベーターという狭い密室に二人きりだからか、彼の長身がそびえるように感じ、悟は四肢で囲むように立ちふさがれて息をのんだ。空気が薄くなったみたいで呼気が上ずり、見え透いた言い訳も浮かばない。

「あ…の——」

「男心を弄ぶのもいい加減にしろよな」

どういう意味だか、暮林は吐くように言い、悟の両腕を摑んで壁に押しつけると、うつむく間もなく口づけてきた。

嚙みつかんばかりの獰猛さで、暮林は悟の唇にふるいつき、荒っぽく歯列をこじ開ける。唇に歯を立てながらその舌をからめとり、呼吸ごと奪うように吸い上げた。悟は完全に力負けして、白い喉をさらしてされるがままになるしかない。

運がいいのか悪いのか、エレベーターは途中階では停止せず、悟はあやうい足元で唇をむさぼられた。暮林は人目を気にする余裕もないのか、悟の口腔内を舐め回し唾液を飲み込むさまはとりつかれたようだった。

「あ…ぅ……っ」

暮林の激しさについていけず、奥歯や喉の奥まで痺れ、床が降りていく浮遊感もあって目眩《めまい》を覚える。

一階に着く数秒前にエレベーターの降下が遅くなり、重力がかかって、暮林が唇を離したのとドアが開くのとがほぼ同時だった。

「あれ、これ下?」
三、四人の社員が誰にともなく行き先を確認して、エレベーターに乗り込んでくる。悟は人目を気にして暮林から距離をとり、偶然にも社員達の陰に入った。ちょうど暮林の気がそれているのを幸いに、悟は機会をうかがって、ドアが閉まる直前で、一階のフロアに飛び出した。
「悟……っ」

暮林が追おうとしても間に合わず、彼一人を乗せて今度こそエレベーターのドアが閉まり、地下へと降りていく。

また暮林が昇ってくるともかぎらず、悟は急いでゲートを抜けて会社を出た。地下鉄を乗り継ぎ、自宅の最寄《もよ》り駅で降りるまで何度も、唇を掌で押さえた。こすれた表面がヒリつき、暮林の熱気にあてられたのか火傷のようにほてって、変に赤らんでいる気がしてならなかった。

暮林はどういうつもりで――いったい悟に何を求めているのか。とりあえず昨日今日と逃げおおせたけれど、これがずっと続くならバイトなんか続けられるわけがない。

月曜からどうしようと、週明けのことを考えて泣きたくなったが、そんな心配の先延ばしは不要だった。悟の住むマンションの前に、見覚えのあるジャガーが夕陽を反射させて停まっていたのだ。

「なんで――」

車をとばして先回りしたに決まってるのに、悟は茫然と呟いて立ちつくした。

「俺をあまり怒らせるな」

暮林は助手席のドアにもたれてたたずんでおり、貫くような視線で悟を睨む。陽が傾いても気温は下がらず、暑気《しょき》がまといつくようなのに、暮林はむしろ青ざめている。無表情を保ちながら、抑えきれない怒りが瞳ににじみ、嚙みしめた奥歯のせいで頬が攣れて凄《すご》みがあった。

「今日…は急ぎの用があって、それで」

仕事を放り出してきたんだろうかと、想像するだにおそろしく、悟は震え上がって言い逃れようとしたものの、暮林には通じなかった。

「あんな態度とっておいて、俺に話もさせないつもりか」

低く押し殺した声で脅すように言われれば返す言葉がなく、悟はナイロンバッグのストラップを握りしめて眼を伏せる。

「乗れ」

助手席のドアを開けて命じる暮林に逆らえず、悟は関節をきしませるようにして車に乗り込んだ。シートベルトに押さえられた心臓は乱れた鼓動を刻み、いつ破裂してもおかしくない。隣の暮林をうかがい見ても、無言の横顔は人形のように整った能面で、話しかけるなと言わんばかりだ。空気がぴんと張りつめ、身じろぎしただけで切れそうで、息がつまる。

車内の緊迫感に胃が沈み、窒息するんじゃないかと胸苦しくなったところで、ジャガーは暮林のマンションの駐車場に滑り込んだ。一言でも発したら怒気がほとばしるとでもいうのか、彼は唇を固く引き結び、悟はうつむいて部屋までついていくしかなかった。

「どういうことだか説明してもらおうか」

悟を居間に通すなり、暮林は喧嘩《けんか》腰のように本題を切り出した。

「どうって、何が――」

「お前が俺を避けるようになった理由だ」

予想していたとはいえ、直截《ちょくせつ》的な物言いで、悟を見つめる眼は刃物のように鋭い。彼のあさはかな嘘など、一瞬で切って捨ててしまうだろう。

わかっていてもなお、口をついて出るのは不誠実な言葉ばかりだった。

「避けるなんて、そんな……単に森尾さんのところで働くようになったからで」

「とぼけるなっ」

悟は眼をそらしてしらを切り通そうとしたが、暮林の怒号に一喝されてビクリと身をすくめた。喉が引きつって声がつまり、足元から震えが来る。

「俺が出張から帰ってから――いや、その前からだな。お前を抱いてからだ」

「……っ」

的確に言いあてられた悟は息をのみ、はじかれたように顔を上げて、暮林に視線をからめとられた。

切れ上がった眦には苛立《いらだ》ちがにじみ、暮林は極端にまばたきが少ない。眼窩が深く目元が翳《かげ》り、白い強膜がかすかに充血して、憤りのむこうに焦燥がうかがえる。

けれど彼は、やがて脅すような目線を悟からそらし、長い睫毛を伏せて、苦しげにかすれた声で呟いた。

「後悔してるのか」

「――…」

イエスかノーか、単純なはずの答が口にできず、割り切れない想いが悟の首を絞める。

「後悔、なんて――」

してる。一度は暮林のぬくもりを知ってしまって、あきらめようと決意した今なお、こんなにも深く切実に彼を求めていることに。

あるいはしてない、まったく希望のなかった状況で一時でも彼にふれることができたから。

相反する二つの感情の間で揺れ動き、自分の気持ちに押しつぶされそうで、悟は心にもないことを口走る。

「後悔とかそんな、大げさなもんじゃないです。ただ、ああいうのは一回きりのほうがいいんですよ」

「どういう、意味だ」

暮林が問う声は底冷えするように低く、背筋が凍えるようだ。きれいな唇がこらえるように歪み、その顔は青ざめている。

彼の神経を荒立てるとわかっていても、悟は自分を守るため、本心を偽り続ける。

「なんとなく雰囲気であんなことになっちゃいましたけど、そういう……たわむれみたいのを後からどうこう言うのは不粋《ぶすい》ですよ」

悟が薄笑いすら浮かべ、物慣れたふりで肩をすくめると、暮林は砕けそうに奥歯をきしませ、色を失った唇を開いた。

「本気で言ってるのか」

「勿論——」

そうだと、重ねて言おうとし、悟は息をつめて凍りついた。

暮林は秀麗な眉も切れ長の眼もつり上げ、唇を嚙みしめて、大らかな笑みの似合う普段とは別人のような表情を浮かべている。悟はそのすさまじい形相におそれをなし、声が喉にはりついて、暮林から眼を離せずに唾液を飲み下す。

「お前は——俺を好きだと言っただろう」

暮林は信じられないように、信じたくないみたいに眼を見開き、物言いの傲慢《ごうまん》さとは裏腹にうめくように言う。

「好き、ですよ」

これだけは何に代えても本当だ、と思う。

好きだ。すごくすごく好きだ。暮林が好きでたまらない。他に何も眼に入らなくなるくらい、彼が手に入るならすべてをあきらめてもいいほど。

胸の奥が熱く疼き、締めつけられるようで、悟は彼にすがりつきたいのを必死にこらえる。せり上がる鼓動を鎮め、痛みごと動悸を封じようとした。

お互いにこれが一番いい方法だと信じて、彼を見返して論点をずらした。

「設計室でバイトできるようになったのは暮林さんのおかげだし、いろいろ教えていただいて、本当に感謝してます」

「ふざけるなっ」

忍耐も尽きたと言わんばかりに、暮林は吠《ほ》えるように声を荒げた。全身に怒りがみなぎり、空気がピリピリと肌を刺すようで、もはや悟を憎むように見つめている。

悟の言い分が、よほど暮林のプライドを傷つけたに違いない。でなければありえないほどの迫力に、束の間、呼吸を忘れそうだった。

「その程度の気持ちで、お前は俺と寝たのか」

喉が裂けたような、血がにじんでいるみたいな暮林の声音に、胸をえぐられる。

「そ――」

そっちこそ、と悟の内なる声が抗議を上げている。

暮林は全然わかってない。どんなに悟が彼を好きか、好きで好きでおかしくなりそうなのに、懸命に想いを抑えているのを知らない。

悟自身が心を押し隠し、不実めいた態度をとっているせいだと思っても、理不尽な憤りがこみあげる。

「暮林さんこそどうなんですか」

「俺が、なんだってんだ」

暮林が自分に非はないとでも言いたげに切り返してくるのが、また腹立たしい。

「俺ばっか責められてるけど、片岡さんに申し開きができるんですか」

「片岡？」

突然、非難がましい強気の語調になった悟を訝《いぶか》しんだらしく、暮林の眼に新たな色が走る。話がどうつながるのかわからないふうに、眉をひそめて重ねて問う。

「なんであいつが出てくるんだ」

「なんでって——結婚するんでしょう」

「結婚って、片岡がか？　誰と」

最初はとぼけようとしているのかと疑ったけれど、暮林は本気で知らないみたいに、ごく自然に尋ねてきた。

悟は不審を抱きつつも、まだ毅然《きぜん》とした態度を崩さず、あてつけるように一語で答える。

「暮林さんと」

「はぁ？」

暮林は眼を丸くし、束の間、毒気を抜かれたように、表情から険が引いた。

「なんだ、それは。どっから出た話だ？　桐子がそう言ってるのか？」

「いえ――」

暮林の言動があまりに自然で、悟は今までとは違う意味合いでの動悸を覚える。

自分は何か、大きな間違いを犯しているのだろうか。

「じゃあなんだ、社内でそういう噂《うわさ》が立ってるのか」

「違う…と思います」

このあたりになるとさすがに、悟自身もおかしいと思い始め、語尾が自信なさげに弱くなった。

「だったらなんでお前がそういう話を持ち出してくるんだ」

「だって、指輪――」

「指輪がどうした」

暮林に改めて問われると、自分がひどく的外れなことをやっている気になってきた。

「片岡さんの誕生日に、指輪を渡してたから婚約したんだと思って、それで」

「お前――バカか」

暮林は怒るというよりあきれたふうに、率直な一言をくれた。頭が痛いように眉をしかめ、勘弁しろと首を振る。

「それくらいであいつと結婚させられてたまるか」

「じゃああれは、単なる誕生日プレゼントだったんですか」

そう口にしつつも、悟は内心ではありえないと思っていた。

婚約は早合点だったかもしれないが、あんな高価な物を贈るのは、相手が大事な恋人だからとしか考えられない。

「付け届けだな、あれは」

しかし暮林は、やけに味気ない言葉で悟の深読みを否定した。

「え…っ？」

「俺が北相辞めても仕事で手を貸してもらう条件で、先払いさせられたんだよ」

「で、でも付き合ってはいるんでしょう？」

「何年前の話だ」

妙な希望を抱いてしまう結論に行き着きそうで、悟が意地になって言いつのるのに、暮林は眉間《みけん》を押さえながら答える。

「確かに大学のころ、そういう付き合いをしたこともあったが、一ヶ月で険悪になったぞ。二人とも主導権握りたがるタイプだからな、相手をやりこめるまで納得しなくて」

一応、自分の性格をわかってはいるらしい。

そういえば、二人の交際については、森尾もそんなふうに言っていた記憶がある。

「人間関係を長続きさせたければ色恋を持ち込まないほうがいい間柄があると、俺達は理解した」

淡々とした暮林の語り口は、まるで英文和訳の文章のようだ。

「じゃあ、今は？」

悟は未だ半信半疑で、喫煙所で桐子とキスしてたくせにと、しつこく問いつめたものの、

「同僚だろ」

暮林があっさり答えたとおり、もう終わって二度と復活しない関係だからこそ、簡単にそういうことができるのかもしれなかった。

「そんな——」

すべてが悟の杞憂《きゆう》、何段階もの誤解だったなんて。

気が高ぶって、耳元が熱く、頬に朱《しゅ》がさすのが感じられる。だからといって期待するには早いと、この期《ご》に及んで自分を止める声がするのに、鼓動が高鳴って体温が上がる。

暮林のほうもようやく事情がのみこめたらしく、眉間にしわを寄せたまま、咎めるように悟を睨んできた。

「お前、そんな独りよがりの勘違いで俺から逃げ回ってたのか」

「だって……っ」

勝手に悩んで騒いで責めて、悪いのは自分だとわかっていても、責任転嫁のように言わずにいられなかった。

「あんな、どさくさまぎれみたいに——なってたら、その場の勢いだと思いますよ」

結ばれたら、という言葉を恥ずかしくて口にできず、あいまいに濁してごまかした。

「たいがいにしろよ、悟」

暮林は先刻までの修羅の相ではないものの、気分を害したふうに眉を曇らせ、薄い唇をつらせてい

る。

「勝手に誤解したのもそうだが、わかるだろうが」

「わかるって、何がです？」

「決まってるだろ、俺がお前を――」

暮林は半ばまで言いかけて、不意に口をつぐんだ。言葉を選ぶように何事か声に出さずに呟きながら、なぜかうっすらと顔が赤い。決まり悪そうに舌を鳴らし、悟をまっすぐ見られないみたいに眼をそらして、けれど腕を伸ばしてきて彼の頭を掌で摑みとる。

「くそっ」

暮林は悟を抱き寄せ、その後頭部を掌で包み込むようにして肩口に押しつける。おかげで悟はうつむかされ、暮林の表情が見えなかったにもかかわらず、彼が照れているのだけはわかった。

やがて彼が、幼いような早口で告げる。

「俺が、お前にベタ惚《ぼ》れだってことだよ」

「……っ」

嘘みたいで、さっきから展開が都合がよすぎて、にわかには信じられない。胸が熱く、速まる鼓動とともに血がめぐり、体の奥から喜びがあふれてくる。苦しいときみたいに喉が狭まり、涙がこみあげてきて、まばたきして押しとどめても眼の縁が湿った。

この人は、と思う。

臆面《おくめん》もない台詞《せりふ》を平気な顔で吐くくせに、肝心な一言は照れてしまってなかなか口にできない。大らかで頼りがいがあってやさしい反面、妙なところで子供っぽくて独占欲が強かったりする。

そういう部分も含めて、すごく、すごくすごく——。

「好きです、暮林さん」

悟は暮林の背に両腕を回し、自分から強くしがみついた。その耳元に唇を寄せ、押し殺してきた想いを存分に告げる。

「何も考えられなくなるくらい、すごく好きです——」

すると暮林が、きわまったみたいに、息もできないほどに悟を抱きしめる。両腕で彼を閉じ込め、二度と手放したくないみたいに、自分のものだと確かめるようにだ。

「暮林さんが好きで——」

「俺もだ」

後からあとから、とめどなく告白が流れ出てくるのを、暮林が中途で遮り、熱っぽくかすれた声でかき口説《くど》くように言った。

「俺のほうがよっぽど、お前に狂わされてる」

湿った吐息に耳朶を撫でられ、悟は首をすくめて背筋を震わせる。重ね合わせた胸で暮林の鼓動を感じ、悟自身にも劣らないその速さに驚きながら、ほほえましくて苦笑がこぼれる。

なんでそういう恥ずかしいことを言えるくせに、好きの一言を素直に伝えられないのか、理解に苦しむ。

だが笑っていられたのはものの数秒で、暮林はいきなり顔を上げると、軽々と悟を抱え上げた。

「わっ」

思わず声を上げる悟にかまわず、暮林はほとんど彼を肩にかつぐようにして寝室へと運んでいく。

彼をベッドに放り出し、その目の前でスーツのジャケットを床に脱ぎ捨て、ネクタイを抜いた。

「暮林さん、あの」

「わかってるだろう」

悟にためらう余地を残さず、暮林はまっすぐに彼を見下ろして言い切る。その眼は切実に彼を求めながら欲望に濡れ、視線だけで体の奥まで貫くようだ。

首筋から鳥肌が立つのはこわいような興奮のせいで、これから暮林に抱かれるのかと思うと身がすくむ反面、血がざわめくのが心地よくもある。ここまで来て拒むつもりは毛頭なく、悟も彼に倣《なら》ってシャツのボタンに手をかける。

「おい、待て。自分で脱ぐな」

だがそれを、暮林が半裸でベッドに乗り上げてきて止める。

「な、なんで――」

「せっかくだから俺がやる」

なんのこだわりだか、暮林は薄い笑みを浮かべ、もったいつけるような手つきで悟のシャツのボタンを外していく。脱がせて白い胸元をあらわにさせ、ジーンズのファスナーを下ろす、その所作がいやにじれったい。

「暮林さん――」

悟は今更ながら肌をさらすのが恥ずかしく、下着ごとジーンズをむかれたときは、さすがにいたたまれなくてうつむいた。

暮林自身も残る衣服を手早く脱ぎ、悟に覆いかぶさってきて、初めて見るその裸体に眼のやり場がない。

暮林の体は見事に鍛《きた》え上げられており、予想はしていたものの、実際に目《ま》のあたりにするとたじろぐような威圧感がある。たくましく広い肩は悟をベッドに封じ込めるようで、筋肉で鎧《よろ》ったような胸が割れた腹部へと続いていた。腰が締まっているために逆三体型で、アメフトの防具みたいだと思う。

見とれている悟をよそに、暮林はもう待てないみたいに彼をシーツに組み敷く。

「くだらない勘違いでおあずけくらわせやがって。俺はてっきり――」

「なんですか」

語尾を濁す暮林に悟が尋ねると、彼は心外そうに顔をしかめ、苦々しげにぼそりと吐いた。

「最初にがっついたから、嫌われたかと思っただろうが」

随分と、かわいらしいことを言ってくれる。これだから暮林は憎めない。

「笑うな」

しかし暮林の言葉どおり、悟が余裕でいられたのはそこまでだった。

「倍にして返すぞ」

そんな子供じみた物言いに反して、暮林は色めいた仕草で手を下ろしていく。悟の膝から内側へと撫で上げ、その胸元にも掌を滑らせた。

なめらかな胸板を暮林のぬくもりとともに大きな手が這い、小さな突起をさぐりあてる。

「あ……っく、暮林さん…っ」

「お前のここ、えらく感じやすいな。すぐ赤くなるし」

暮林の指の間で、それはいとも簡単にとがり、愛撫をせがむように充血する。指の腹で転がされると、芯を持ったように固くなって、ますますはっきり輪郭を浮き立たせた。

一糸まとわぬ姿にされてしまっていては、ごまかしようがない。

「あれから自分でいじってみたか?」

「あぁ…っし、してな…い……っ」

昨夜のことを見透かされたみたいで、悟は懸命に否定する一方、胸の先から甘やかな刺激が伝い下り、脚の付け根で息づくのが感じられる。暮林の視線が舐めるように胸元から下肢へと落ちていき、悟は顔をそむけて眼をつぶる。

あんなふうに自慰をしてしまったことを、暮林には絶対に知られてはならない。あんな——いやらしく、それも彼のことを考えながらしたなんて、正気じゃなかったのだ。

「そのわりに、最初から赤いじゃないか」

「あ…ぁん……っ」

目ざとい暮林に突起をつつかれ、せつなげな官能に瞼を開かされれば、昨日の自慰の名残なのか今の愛撫のせいか、前回は清楚《せいそ》なピンクだったそこがうっすらと色づいている。

「違う……っ」

あれを知られたら羞恥で死んでしまうと、悟はむきになって首を振り、その所作で自分から突起を引っぱられるみたいになった。

「あぁ…っや……っ離し――」

悟は独りよがりなふうに唇から喘ぎをこぼし、半身をしならせて、暮林へと胸を開くような格好になる。恥じるようにうつむくものの、かえってそのありさまを見せつけられる羽目になる。

薄く平らな胸板に浮かぶ突起はさわられたげにせり出し、変になまめかしい。付け根のまわりをなぞられ、感じやすい先に向かってこすられて、物欲しげに熟んでいっそう赤みを増す。

「そこは、あんまりさわ――ぃ…あぁ…っ」

「駄目だ、俺がさわりたい」

暮林にからかうようにはじかれ、胸から鋭い快感が広がって、悟は膝を立て、シーツに腰をすりつけていた。

気づいた暮林が含み笑いを洩らし、味見めいた舌遣いでその胸元を舐める。湿った唇の内側で包み込まれ、とがった先を舌で撫で上げられて、慣れない愉悦に腰が疼く。

「あぁ……っい…っ」

暮林はああ言っただけあってしつこく、突起に歯を立てては唾液をからめ、痛いほど吸い上げてくる。悟は暮林の息遣いにすら感じ、やめてほしいような物足りないような性感に、胸のみならず腰まで波打たせた。

また他方の胸もいじられ、爪でこすられて、ヒリつくような甘美感に泣きそうになる。

「あ…っあ――も…っいやぁ……っ」

「俺がどれだけ我慢してたと思ってるんだ。少しはお前も思い知れ」

人の悪さもきわまれりで、悟が涙目になっているというのに、暮林は彼の痴態《ちたい》をもっと楽しみたいように、感じやすい胸元にきつく吸いついてくるのだ。

「あ、そんな強く……っああっ」

おかげで悟は暮林にその股間を捕えられた時点ですでに、半ば昂ぶっていた。

根元から指を絡めてくびれを押し上げられ、先端がビクリとはねて開いていく。悦楽のうねりが腰骨を突き上げ、先端の縁を伝う暮林の指にそって、繊細な粘膜がはしたなく露出する。

「お前も、俺にさわられたかったか」

暮林は誘惑めいた声音で囁き、その瞳は黒くとろけるようだ。

「あ……っそん、な……っ」

「こうして――」

さらに彼は、悟のひときわ敏感な先端を揉みしだきながら、まるで聞かずともわかっているみたいに言う。

「俺にかわいがられたのを覚えてるだろう?」

「なんで……あぁ…っ」

暮林はなぜそんなふうに、悟が答えられないことを言うのか。

意地の悪い問いに、悟は眼を潤ませ、哀れな小動物みたいに震えている。縁をめくるように指を這わされ、中心をつつかれて、露骨すぎる喜悦に腰が揺らめく。

「あ――…っ」

悟が答える代わりにあらわな嬌声《きょうせい》を放つと、暮林はそれ以上の詰問をせず、その股間からも指をほどいた。

ところが悟が安堵したのも束の間、暮林は許してくれたわけではなかった。

「もう少し脚を開いてみろ」

「え…っや――な、何……っ」

暮林は悟の細い足首を摑み、その立て膝を容赦《ようしゃ》なく広げる。とっさの出来事に抵抗する暇もなく、背をかがめる暮林が脚の付け根へと顔を伏せていくのを、悟は茫然と眺めていた。

「暮林さんっ、待――…っや…あぁ…っ」

暮林の口にのみこまれていくさまを直視できず、悟はシーツを握りしめて顔をそむける。けれどその快感はあまりにもあざやかで、ベッドから腰が浮き上がるばかりか、全身の震えが止まらなくなった。

やわらかな唇で、熱い舌で包み込まれ、悟の先端は浅ましいくらいあっけなく張りつめた上、中心からはにじみ出るものがある。

「あぁ…っこ、こんな……っああ――いや…ぁ…っ」

初めてのときに狭間まで舐められたが、くわえられる恥ずかしさ、身のおきどころのなさはまた別だ。

「いやがってても、もう雫がたれてきてる」

「や…っい、言わな――ぁあ…っ」

吐息にすら反応してしまうくらいなのに、暮林は悟の先端に舌をかぶせ、あふれそうなぬめりを受けとめながらも、唾液もからめて湿った音をたてる。くぐもった声のせいで唇と舌先までもが先端の縁にあたり、悟はかすかな痛みを伴う陶酔感に痺れた。

しかも暮林は悟を口に含んだまま、唾液まじりの雫を脚の付け根へと伝わせ、両手で彼の狭間を広げてより奥へと導く。あられもない体勢に、彼があわてて腰を引こうとしても遅い。

「あ…っ離して……っ暮林、さ――あ…んぁ…っ」

悟の制止など聞く耳持たず、暮林は潤《うるお》いを指先ですくってくぼみをほぐし、狭い粘膜をかきわけて入り込んでくる。襞《ひだ》を押し広げながら抜き差しされる長い指は悟を惑わせるには十分で、先端をゆるく吸い上げられるごとに、ひとりでに暮林をほしいように締めつけてしまう。

「ここか?」

「ああぁ…っや――…っ」

そして暮林は悟が最も感じる部分を指で突き、あやうく達してしまいそうになる彼の根元を握りしめた。せり上がる歓喜のやり場がなく、淫らに濡れた先端から涙のように透明な雫がしたたる。

「い…あぁ……っ」

「もう少し我慢しろ」

むごい快楽で悟を翻弄しておきながら、暮林はまだ無体な台詞を吐く。悟の過敏な襞のありかを確かめるだけ確かめて、惜しいようにその股間から顔を上げた。彼の膝裏をすくうように片脚を抱え、たくましい腰を押しつけてきた。

暮林は湿った先端でくぼみの表面を何度か撫でた後、引きつる縁を割り広げ、ゆっくりと彼の体を開かせた。体をつなぐのはまだ二度めで、慣れない彼の粘膜をえぐり、その身をうずめていく。

「あぁ…っあ――…っ」

痛いのは、悟のほうが暮林を恋しがって、襞が密にまといついていくせいだった。粘膜が収縮して彼を誘い込み、呼吸に合わせて奥へと迎え入れる。

彼の脈動を感じとり、こまかな襞がほてってって、徐々に痛みが薄れるにつれ、漣《さざなみ》のような痺れが押し寄せる。

「きついな――この前、あれだけ広げてやったのに、喰いついてくるみたいだ」

暮林にとっても身じろぎしづらいほどの締めつけらしく、息を上ずらせ、妙に艶《つや》っぽい笑みを浮かべて洩らした。

「あぁ…っひ、ひど……っ」

「普段から慣らしてやらないと駄目だな」

あまりの言われように、一方的にいたぶられているのが悔しくて、悟は潤んだ眼で暮林を仰ぎ、世慣れたふうなことを口にする。

「し…してた、ほうが、あぁ…っよか…ったん、ですか…っ」

「何がだ」

「暮林さんがいなく…っても、もっと上手になるように――い…っああっ」

だがそれは、大きな間違いだったらしい。

暮林が悟を気遣う余裕もなく、勢いのままに乗り出してきて、彼の深いところを押し上げる。敏感すぎる襞をえぐるようにこすり立てられた彼は、暮林に握り込まれた股間を派手に脈打たせ、あらわになった先端をますます充血させた。

「い…っやぁ……っあぁ、離して……っ」

「他に、そんなことをする相手がいるのかっ」

何を勘違いしたんだか暮林は、直線的な眉も切れ上がった眼もつらせ、射るような視線で悟を睨んでいる。おそろしげな形相で詰問する間も手は休めず、彼の根元を握りしめて返答を迫った。

「あ……っ違う…っ」

先端に喜悦がつかえてるみたいで、解放されない熱が腰にたまり、苦しくて仕方がない。気が遠くなり、下肢が砕けそうな快楽に爪先《つまさき》まで震える。

悟自身は日頃から自分で慣らすとか、そういうつもりだったのに、暮林は嫉妬《しっと》で眼がくらんでいるようなのだ。

「ち、違……っいない、そんな…の――いない、です…から…ぁ…っ」

切実な性感がつのり、眼の縁に涙がにじむ。これ以上は待てず、両腕を暮林の首に回し、悟のほうから抱きついて訴えた。

「驚かすな、あせっただろうが」

暮林はほっと息をつき、悟の根元を絞っていた手をゆるめてくれたけれど、あと一歩がたりない。

今にも達してしまいそうな悟は自分から腰を揺らすものの、暮林のほうがわずかに引いてしまって、濡れそぼった先端もなかの粘膜も、刺激を求めてうごめく。

「ちょっと眼離した隙に、悪い虫がついたかと思った」

暮林がじらすのは、その仕返しなのだろうか。

「やあぁ…っ違う……っ」

悟は暮林にすがりつき、シーツから腰を浮かせて、その固く引きしまった下腹に股間をすりつけるようにしてねだる。

「俺は……っあ…っ暮林…さん、だけ…っ」

「お前――」

暮林がきわまったふうに呟いた瞬間、腰をぶつけるような激しさで突き上げられ、瞼の裏が白く染まった。振動が脳天まで響き、骨までとけそうな快感に全身が痺れた。

律動が高まり、はり出した先端で襞をめくられては逆向きに引っぱられる、その繰り返しのはてに解放を迎える。

「あぁぁ…っ」

「悟……っ」

なかで出されるのと悟が昇りつめるのと、どちらが早かっただろう。奥深いところに熱いほとばしりが吐き出され、ほてった襞を潤すと同時に、悟自身も放ったもので濡れて、暮林の下腹部にこすりつけられていた。

「あ……っ」

しかし悟が疲れきって四肢を投げ出しても、暮林はその上からどいてくれない。それどころか悟のなかに身を沈めたまま、再び腰を寄せてくる。

「あの、もう離して下さ――」

不吉な予感を覚えて上目に暮林をうかがえば、彼は体で主張するみたいに強く、悟の膝を摑んで下肢を押しつけてきた。

「駄目だ」

暮林は未だ興奮さめやらぬ様子で、身をこわばらせる悟に追いすがるように腰を進めた。濡れきった粘膜がふれあって、この上なく淫らな音をたてながら、悟の感じやすい部分をすり上げる。

「あ…っ動かない、で……っ」

「全然治まりがつかない」

悟に暮林を止められるはずもなく、またもや歓喜の波にのみこまれる。

もう十分だと、快感がつらいのだと思っても、体は悟の意志を裏切り、物欲しげな襞が暮林を包み込んで離さない。

「お前のほうから吸いついてるみたいだ」

「だ…って……っああ…っ」

ベッドがきしみ、暮林の肩ごしに見上げる天井が遠く、官能に揺さぶられておかしくなりそうだった。

　でも悟は今、何物にも代えがたい一体感で満たされている。この瞬間、一番暮林の近くにいる。彼とつながっている、体だけじゃなく心も。

「暮林、さん……っ」

　快楽に揉まれながら、悟は暮林の名前を呼んだ。

　自分のなかが彼でいっぱいになり、いつまでもつながっていたいと思わされた。彼が好きで、いとおしくてたまらない。

「悟――」

　暮林のほうも唇を寄せてきて、かわいがりたいように口づけながら、とても口説き文句とは思えない言葉を囁いた。

「くだらない勘違いでおあずけくらわされてたんだからな、今日は俺の気がすむまで付き合ってもらうぞ」

「や――…そんな、無理…っあぁぁ…っ」

　そう言われるとこわくなって、悟は怯えた眼で暮林に訴えたものの離してもらえず、時間を忘れるまで互いを求め続けた。特に暮林は欲望がつきないみたいに、悟の体を余すところなくむさぼって、いつしか全身でとけ合うのではないかと思った。

暮林の宣言どおり、悟は一晩中鳴かされっぱなしだった。何度追い上げられたか覚えておらず、気がついたら朝になっていた。

シャワーを浴びたいと思ったけれど、裸でベッドから抜け出すのは恥ずかしいし、かといってわざわざ服を着直すのも不自然だ。いっそシーツを巻いてバスルームまで行きたいところだが、そうすると今度は暮林を裸にむくことになる。

そのくせこうして、ことの後に同じシーツにくるまっているのも落ち着かない。

どうせなら先に暮林がシャワーに行ってくれないかと、悟が横目でうかがうと、

「悟、誕生日いつだ」

視線を感じたのか、暮林が半身を起こして尋ねてきた。

「えっ、なんでですか」

唐突な質問で、悟は素直に答えるより先に訊き返してしまう。

「お前の理屈だと、誕生日に指輪買ったら婚約ってことになるんだろ」

どうやら暮林はまだ、悟が独り合点して彼を避けていたことにこだわっているみたいで、かたわらの悟を見下ろし、決めつけるように言う。

「すみません、あれは――」

思慮がたりなかったと、悟は謝ろうとしたものの、そんな言葉はどうでもいいみたいに暮林が、彼を睨みつけて言い切った。

「お前をものにできるなら、そんなもんいくらでも買ってやる」

暮林の真剣な、差し迫ったようなまなざしに射抜かれ、悟はすぐに声が出ない。戸惑ったのと胸を打たれるのと、もったいないような気持ちがまざりあい、枕の上で頭をずらして居心地悪く眼を伏せる。まったく暮林は、好きの一言も照れて言えないくせに、こういうところは恥ずかしげがない。

「ほんと、すみませんでした。バカな思い込みに関しては謝ります」

暮林に想いが通じたことになじめず、悟はどうにもくすぐったくて話をそらそうとしたが、暮林はごまかされずに再度、問いかけてきた。

「いいからいつだって訊いてんだよ」

あまり言いたくなかったけれど、隠すのももったいつけるみたいで、悟はうつむいたまま白状した。

「こないだ、です」

「この間？」

具体的な日時をつきつめる暮林に、悟はかぼそい声で答える。

「この前……ここに来た日、です」

要するに初めて暮林に抱かれた日で、偶然とはいえ少女趣味な事実に消え入りたくなる。

「って——桐子と同じ誕生日か」

彼は眼を丸くし、あきれてるんだか感心してるんだか、独り言のように呟いた。

「同じ日に生まれて、よくこんだけ性格に差が出るなぁ。あたりまえか」

そっちのほうに気をとられ、誕生日に貞節を捧げたという恥ずかしい現実を追及されないのは助か

った。ただそれで気をそらしてくれたかと思えば、暮林も存外にしつこく、

「お前の憶測で遅くなったが、だったらちょうどいい、早速、明日にでも買いに行くか」

「いりません」

ありがたい申し出を、悟はきっぱりと辞退した。

「あの日はすごい食事ごちそうしてもらったし、それにライターいただきましたから」

「ライターって――間に合わせの安物だろ。そんなのが誕生日のプレゼントでいいってお前、欲がないにもほどがある」

「そんなことないです」

これは謙遜《けんそん》ではない、悟自身がどれだけ切迫して暮林を求めていたか知っている。

暮林が、彼という存在がほしくてたまらなかった。他の何と引き換えにしてもいいくらい強く願った末に、見事かなえてここにいる。

「いいや、お前のその淡泊さは問題だ」

暮林が悟を、誰と比べているかは聞かずともわかっていた。

「片岡の俗欲の半分でも悟にあったらなぁ」

暮林の語調はけなすようでいて、その実、彼女の貪欲《どんよく》な面を好ましく思っているのが伝わってくる。

それでまた、暮林が桐子と二人で独立するという件を思い出し、胸が重くなった。

婚約者というのは誤解だったけれど、桐子を唯一の起業パートナーに選ぶくらいには、暮林は彼女を必要としている。半人前以下の悟にはひたすら羨ましく、引け目に感じる話だった。

「……でも、片岡さんは一緒に事務所やるには頼もしい相手じゃないですか」

ところが悟が無理に笑みを浮かべて言うと、暮林が驚いた声を上げて即座に否定した。

「桐子がか？　冗談じゃない、あんなのと狭い場所で顔つきあわせて仕事してたら戦争になる」

「え——だって、暮林さんが独立しても仕事を手伝ってもらうって」

「あぁ、だから副業っていうか、外注扱いで、北相を通さずに片岡個人に協力してもらう手筈《てはず》になってる」

身を乗り出してくる暮林の腰からシーツが落ち、下腹まであらわになって眼のやり場に困ったが、疑問のほうが優先して、悟は重ねて尋ねた。

「じゃあ、片岡さんは北相の社員のまま？　暮林さんと一緒に辞めないんですか」

北相の自由な社風なら副業に厳しくないのかもしれないが、何もかもが悟の予想と違っていて当惑するばかりだった。

「辞めるかよ、あいつが」

暮林は小気味いいように片眉を上げ、苦笑まじりに吐く。

「むしろ俺がいなくなったら、『その分、マスコミ取材がこっちに回ってきて露出が増えるからラッキー』くらい言いやがったぞ」

「そう、なんですか……」

どうも悟は、桐子が絡むと羨望《せんぼう》と劣等感で、思い込みが加速する傾向にあるようだ。思わず喜んでしまい、申し訳ない気分になって、けれどふっと引っかかるものを感じてしつこく言った。

「だけど前に、自分の事務所に連れて行きたいって言ってましたよね」

「片岡を――俺が？」

暮林はまったく記憶になさそうだったが、悟が忘れるわけがない。

「ええ、ふられたとかなんとか」

それこそあの誕生日の夜だ、希望がかなわず暮林が落ち込み、すさんだ一面を覗かせたくらいだから。悟に弱みを見せ、激情のままに抱いてしまうくらい。

しかし暮林は、夢想だにしなかった答を差し出してきた。

「あれはお前だ」

「はっ？」

「お前、どうしても北相がいいのか」

話のつながりが読めず、悟が唖然《あぜん》としているのに、暮林は彼の顔の横に手をついて、挑むようにのしかかってきた。

「俺のところに来い」

なんの冗談かと、茶化す余地もないほど、暮林は真摯《しんし》なまなざしで悟を見下ろしてくる。黒い瞳が惑乱をたたえ、せっぱつまったように揺れて、彼の視線をからめとった。苦しげに眼を細めて息をつまらせ、反論を許さない勢いでまくしたてる。

「経験積みたけりゃ、俺が積ませてやる。ファッションビルでもリゾートマンションでも、美術館でもなんでも、お前がやりたい仕事をとってきてやる」

強気な物言いとは裏腹に、暮林はどこか追いつめられたように表情をこわばらせ、一語ごとに奥歯をきしませる。

「デカい組織で力を試したいなら、研修って形でどこでも入れてやるから……っ」

「何、言ってんですか」

暮林は本気のつもりらしいが、なぜそこまで必死に自分なんかを誘うのか、そこがわからない。言ってる内容自体も、ちょっと常軌《じょうき》を逸《いっ》しているふうに思える。

悟がこわいように暮林を仰ぎ見ると、彼は唇を噛みしめ、悪態でもつくみたいに吐いた。

「くそっ、血迷ってんのは自分でもわかってんだよ。仕事に私情まじえるなんて」

本当に暮林は、悟を引き抜きたいと思ってくれているのだろうか。まだ未熟な彼を、いったいどういうつもりで。

まだ半信半疑ながら、切迫感だけは伝わってきて、彼はためらいがちに口を開いた。

「他社の研修とか、そんなのいい、です」

「じゃあ何がやりたいんだ、北相の何がよくてあんなにこだわってるんだ!?」

先だっての、悟の発言にも問題があったかもしれないけれど、暮林のほうだって相当に思いつめているみたいで、悟の言葉に眦をつらせて顔色を変えた。

「暮林さんがいたから――」

だから悟は、そばにおいてもらえるなら理由なんかもうどうでもいいと、暮林の頬に手を伸ばして言った。

「暮林さんがいる会社は北相しかないと思ったから、どうしても入りたかったんです」

「お前――」

悟の指先が頬にふれた途端、暮林ははじかれたようにその肩を摑み、彼を引き起こして腕ごと抱きしめた。じかに肌を合わせ、そのぬくもりや匂いに酔ったふうに眼を伏せる。

「なんで俺はこんなにのぼせ上がってんだ」

たまらないように、力のかぎりに悟を抱きしめ、凄むように断言した。

「もう今更とり消しきかないぞ。どう言ったってお前は俺の事務所に連れてくからな」

「俺で――いいんですか」

暮林の腕のなかで、悟は夢見心地で呟く。信じられないことばかりが続いて、混乱しかけている。

暮林はわずかに腕をゆるめ、間近に悟を見下ろして、このときばかりは設計士の顔になって言った。

「お前の真面目な仕事ぶりから見込みがあると思ってるし、どう成長するかが楽しみだ」

言葉を切った暮林が、さも重大事みたいに付け加えるのが、不思議と悟に実感をもたらす。

「コーヒー淹《い》れるのも上手《うま》いしな」

「――…っ」

うれしくて、嘘みたいな幸福に胸がつまって、涙が出そうになる。こんなことで泣くなんてみっともないと、何度もまばたきをしてのみこんだ分、胸の奥が熱くなって悟の心を揺さぶる。

暮林を自分のものにできたらと願うのと同じくらい、彼に認められたかった。ひどく現実離れした、まずありえないことだと思っていたのに、彼はとうに悟に可能性を見出してくれていたのだ。

「俺は……すごい才能なんてないし、あたりまえだけど経験ゼロも同然だし、役に立てるかどうかもわからないですけど」

「そういう自己卑下《ひげ》みたいな言い方はやめろ。自分を低く評価するのは、結果を出せなかったときの言い訳のつもりか」

こんな場面でも、暮林は仕事が絡むと手厳しい。険しいまなざしで悟の甘さを退ける。

「すみません――」

自分のぬるさが恥ずかしく、悟は暮林をまっすぐに見返し、誓うように言った。

「もう言いません、自分にできるかぎりがんばります」

「よし」

満足げにうなずく暮林に笑みを返しながら、あいまいだった将来が確固とした形になっていくのを感じた。

一日でも早く、実戦で使える人材になりたいと思う。暮林の足を引っぱらないように、そのための努力は惜しむまいと。

「よかった、これで安心した」

固い話はこれで終わりだと言うように、暮林が息をついて相好《そうごう》を崩した。

「北相に入社した場合のお前の処遇もだが、別の意味でも一人で残していくのは心配だったんだ」

「別ってなんですか?」

素朴な疑問を呈する悟に、暮林は少しばかり責める口調で言う。

「お前、流されやすいから、眼ぇ離すとすぐ他の奴にもふらふら行きそうだ」

「そんなわけないでしょうっ」

失礼なと、すぐさま否定したものの、過去に付き合った女の子達のことを鑑《かんが》みるにつけ、あながち外れていないような気がしてきた。どの場合も、むこうからアプローチをしてきた子ばかりだった。

暮林はそれを知っているわけがないのに、悟の性格を見抜いていると言いたげに、あやしむような目つきになる。

「どうだかな。あの夜、簡単に落ちたじゃないか」

「あれは……っ」

相手が相手だったからだと口にしかけ、恥ずかしくて声をのみこんだものの、暮林は物言いたげに悟を見つめてきた。

「あれは?」

わかっているくせに、あえて尋ねてくる暮林は続きをせかすようなまなざしで、きっと答を聞くまで納得しない。

「あれは――暮林さんだったから…です。ず、ずっと好きで――」

改めて口にするのは気恥ずかしく、頬が熱くなって、悟は暮林の眼を見られずにうつむく。暮林がかすかな笑いを洩らし、唇を寄せてきて、ふれるだけのキスをした。

「俺以外の、誰にもどこにも行くなよ」

暮林は悟の眼を覗き込んで言うと、筋肉質の体を惜しげもなくさらしてベッドに倒れ込んだ。

「気が抜けたら眠くなった」

「そりゃ、あんな――」

あれだけ激しくやれば疲れもするだろう。

「バカ、違う」

暮林は枕から頭だけを上げ、悟の言外の意見に反論する。

「ここんとこ何日か寝不足だったんだ、俺は」

恨みがましい上目で悟を見やり、低い声でぼそりと呟く。

「お前のせいだ」

「えっ、なんでですか」

まったく心あたりのない悟が驚いて尋ねるのに、

「お前に振り回されて、夜になっても眠れなかったからだよっ」

暮林は打って変わって声をはり上げ、それで力つきたように、枕に頭を沈めて眼をつぶった。

「だから、責任と…って目が覚めるまで……一緒にいろ」

よほど疲れがたまっていたに違いない、暮林は糸が切れたみたいに数秒で眠りに入りかけていた。

満足に口が開かず、声もかすれて、でも悟に命じるのだけは忘れない。

「い…か、勝手に帰るな…よ――」

「はい」

暮林の言葉がうれしくて、かわいくて、もう聞こえないだろうとわかっていても、あえて返事をした。

切れ上がった眼は閉じられ、長い睫毛が影を落として、寝顔の彼は普段よりも優美に映った。頰から顎にかけてくっきりした輪郭がきわだち、時折、吐息の洩れる唇は思いの外やわらかな線を描いている。

悟はそっと彼の隣に寄りそい、その寝顔をほほえましいように、いとおしげに眺めた。胸がいっぱいで、とても眠れそうにない。

シャワーを浴びたらおいしいコーヒーを淹れよう、と思った。この間、見つけた新しい豆を開けて――そうだ、指輪の代わりにネルドリップ用の器具を買ってもらうのもいいかもしれない。

おそらく陽が高くなるころ、暮林がコーヒーの香りで目覚めるのが楽しみで、悟は幸せな気持ちで笑った。

おわり

独占のバースデイ

悟《さとる》がお湯が沸くのを待っていると、廊下を通りかかった暮林《くればやし》が彼に気づいて立ち止まった。煙草《たばこ》休憩にでも出てきたらしく、気軽な様子で給湯室に顔を覗《のぞ》かせる。

「コーヒーか?」

「はい、もうちょっとかかりますけど」

暮林が声をかけながら入ってくるのはいいが、開け放していたドアを後ろ手に閉めるのが気になる。給湯室は狭く、長身の彼が二、三歩踏み込んできただけでも不自然に距離がつまり、押し迫られている心地がする。

「すみません、上開けます」

密着せんばかりに立っている暮林の体温が感じられそうで、悟は変に息苦しい。意識しないよう心がけながら、シンク上の棚からコーヒー豆とミルをとり出し、一回分ずつ挽《ひ》いていく。

「まだちょっと時間かかりますよ」

「どうぞ、ゆっくりやってくれ」

見られているとやりづらいから、遠回しに第六設計室に戻っていてほしいと言っているのに、暮林は悟の背後に立ち、肩ごしに手元を覗き込んでくる。豆が挽き終わるのを待ってから、悟の腰に腕を回してきた。

暮林は抱え込むように悟の腰の前で手を組み、その耳元に唇を寄せる。耳朶《じだ》に口づけ、ビクリと身じろぎする悟の反応をうかがうみたいに、その細い顎《あご》の線を唇でたどる。

「あの……っ」

うなじから背筋へと、寒気のような震えが駆け抜け、悟は思わず眼をつぶり、首をすくめて声を上げた。暮林の腕のなかで体ごと振り返り、その厚い胸板に手をおいて押し戻そうとする。

「会社のなかではあんまり、こういうことしないほうがいいと思うんですけど」

ドアを閉めているとはいえ、鍵はかかっていないし、だいたい給湯室に施錠したらそのほうがよっぽど不審だ。

「誰かが入ってくるかもしれないし――」

「心配性だな、悟は」

暮林は悟の懸念を軽く笑い、向き合ったのをかえって幸いみたいに、首をかがめて唇を下ろしてくる。さすがに激しい口づけには至らないものの、悟の口元や頬《ほお》に唇をふれさせ、ついばむようなキスをしながら言う。

「そうそう人なんか来ないし、それに誰に知られても俺は平気だ」

俺は全然平気じゃありません、と喉元《のどもと》まで出かかったのを、かろうじてのみこんだ。暮林のまなざしはひどくやさしく、その声には本心からいとおしむような響きが込められていて、彼が悟との関係を恥じていないどころか、大切に思っているのが伝わってきたからだ。

かすかに湿った唇のやわらかさと、鼻先をかすめる煙草の匂いに、悟は胸を締めつけられるような気持ちになる。この人がすごく好きだ、と思う。

「暮林さん――」

うっかり雰囲気に流されそうになり、暮林の背へと腕を伸ばしかけたとき、ケトルが甲高《かんだか》い音をたてて沸騰《ふっとう》を告げた。

「すみません、ちょっと」

悟は我に返って顔をそむけ、シンクの前の狭い空間で暮林をドアのほうへと押しやり、あわててコンロの火を止め、少量の水で冷まして手早くコーヒーを淹《い》れた。まずは最初の四杯分をカップにそそぎ、その手際のよさを感心して眺めている暮林に、カップをのせたトレイを差し出す。

「これ、お願いします」

有無を言わさずトレイを受けとらせ、悟が次のお湯を沸かし始めると、暮林は使い走りのように扱われる自分に苦笑し、むしろ楽しげに眼を細めた。

「はいはい、おおせのとおりに」

暮林はおもしろがるように言い、片手でトレイをかかげて、第六に運ぼうとドアノブに手をかける。その背中が給湯室から出て行く前に、悟は身を乗り出して尋ねた。

「今日、部屋に行ってもいいですか」

暮林が肩ごしに振り返り、口元をほころばせてうなずくのがうれしい。了承の印に、空《あ》いてる片手を挙げて言い残していく。

「後で電話する」

暮林が社内でも悟にふれたがるのは、二人きりで会えることがめったにないからだ。暮林は北相建《ほくそう》設の仕事だけでも大変なところを、並行して独立の準備を進めつつあり、これまで以上に忙しく、ほとんど休みがない。せっかく想いが通じ合っても、悟との時間がとれないのでは、おあずけくらって逆に悔しいくらいだろう。

おかげで暮林は、何かにつけて悟をかまいたがり、悟のほうも自制するのが精一杯という困った事態を招いているのだ。

その日のバイトを終えた悟は、会社からちょっと歩いた場所にあるカフェで暮林を待った。時計は夜八時をさしており、簡単な夕食をとるにもちょうどいい時刻だった。

奥まった二人がけのテーブルに空席を見つけ、注文をしてから買ったばかりの雑誌を広げる。スタイリッシュ系ビジネス誌を標榜《ひょうぼう》するその男性誌には、『各界の次代を担う才能』としてカラーで暮林が紹介されていると、社内で評判になっていた。

〈東大《とうだい》工学部建築学科修士課程卒の一級建築士、北相建設第六設計室室長。学生時代から名だたるデザインコンペを制覇した。北相建設入社後も正業のかたわら精力的に出品、東京インペリアルホールは見事、建築学界賞を受賞——〉

業績を紹介するプロフィールは当然にしても、なぜか暮林のアップと全身写真が見開きで掲載されており、作品よりも生年月日や休日の過ごし方等、個人的なデータが重視されていてグラビアのようだ。特に末尾の一行には笑わせてもらった。

〈身長一八六㎝〉

「はは……っ」

しかし今、悟にとって重要なのは暮林の身長なんかではなく、その生年月日だった。

雑誌によると、暮林は来週の金曜日に二九歳になる。

「何にしようか――」

悟はコーヒーを飲み、ホットサンドをつまみながら雑誌のページをめくっていく。

期せずして直前に誕生日がわかったのだから何か贈りたいと思ったはいいが、世代が違うとほしい物の見当もつかない。ネクタイに万年筆、サングラス、アタッシェケースと、商品カタログのように紹介されている『イチ押しの逸品』はどれもピンとこなかった。空になったサンドイッチの皿が下げられ、コーヒーのおかわりが運ばれてくるころになっても、気の利いたプレゼントは浮かばないままだった。

暮林は北相でも高給どりだし、そうでなくてもいいお育ちなのだ。物欲はとっくに満たされている気がする。

悟が雑誌を睨《にら》んでコーヒーを啜《すす》っていると、頭上から聞き覚えのある声が降ってきた。

「悟ちゃん、何やってんだ、こんな時間に？」

その呼び方に反応して顔を上げれば、はたしてテーブルのむこうに森尾《もりお》が立っていた。夜食だろう、サーモンのパニーニとコールスロー、エスプレッソをのせたトレイを片手に、ごく自然に向かいの席に滑り込んでくる。

「えらい真剣な顔で読んでんな」

あわてて手前に引き寄せた男性誌を、森尾は何気なく持ち上げて表紙を確認し、含むでもなく洩《も》らす。

「あぁ、暮林の載ってるやつか」

今更だというのに、暮林への思い入れを再確認された気がして、悟は言い訳がましく口走っていた。

「いえ、誕生日に何贈ったらいいかと思って、悩んでるから、それで」

熱心に見ていたのはあくまで商品紹介ページだと森尾に示したけれど、

「なんだ、彼女か？」

茶化すように言った森尾の、視線の先にあるのはまごうかたなき男性誌で、うっすら気まずい沈黙が流れたのだった。

こうなっては、隠し立てするほうがかえって不審だろう。

「暮林さんに――いつもお世話になってるから」

個人的に上司に物を贈るなんて、しかもそれが同性なんてさぞかし不審だろうに、素直に白状したのが功を奏したらしい。

「へぇ……でもあいつ、あんだけ恵まれててほしい物なんかあんのかね」

ありがたいことに森尾は、そこにはふれないでおいてくれた。特に顔にも出さず、まだ熱いパニーニにかぶりつく。

「そうなんですよ、何がいいのか考え始めたら迷路にハマりそうで」

「んー、じゃあ俺も気をつけて暮林見とくわ。それとなくさぐり入れられるようだったら聞き出して教えるし」

暮林と同期の森尾にそう言ってもらえるのは心強かった。あの歳の社会人の眼で選んでもらえるし、それに森尾ならセンスもよさそうだ。

「ぜひお願いします」

夜食をすませた森尾が会社に戻っても、まだ暮林からの連絡はなかった。ケータイに電話がかかってきたのは、悟が雑誌をすみずみまで読み通し、カフェが閉店準備を始めたころだった。

「遅くなってすまない。今から迎えに行く」

「はい、じゃあ店の外で待ってます」

会計をしてカフェの前の舗道に出て間もなく、夜の闇に沈んだ街のなかを見慣れたジャガーが滑り込んできて停まった。

「待たせて悪かった、打ち合わせが思ったより長引いた」

助手席の悟がシートベルトをするのを見届けてから、暮林は車を出す。薄暗がりの車内で拝むその横顔は陰影が強調され、少し疲れて映った。

暮林は次の交差点で信号停車した際、顔をこちらに向けて尋ねてきた。

「今日はどうする、もう遅いから帰るか？　このまま家まで送るぞ」

以前だったら、遠回しに帰ってほしいとほのめかされていると思い込み、心にもなくうなずいていただろう。でも今は違う、正直に言える。

「いえ——よかったらお邪魔したいです。暮林さんが迷惑でなければ、ですけど」

付き合っている、という事実は悟に安心を与えてくれる。

「よかった」

暮林がやさしげに眦《まなじり》をゆるませて笑みをたたえ、その大きな手の甲でかわいがるみたいに悟の頬を撫《な》でた。

「俺も悟とゆっくりすごしたかったんだ」

こう遅くなっては大して時間はないと思ったが、不粋《ぶすい》な指摘はせず、ただ暮林の手に頰を寄せて答えた。ぬくもりがしみ通るようで心地いい。

「俺も、です」

暮林のマンションに着くと、彼が洗面室を使っている間に、悟もキッチンで手洗いをすませ、コーヒーメーカーと豆をとり出した。店頭で挽いてもらったコーヒー粉をフィルターに入れ、ジャグの目盛りで水を計ってそそぐ。

このコーヒーメーカーはほぼ純金のフィルターを採用しており、ペーパーが不要な上、ドリップだけでなくカプチーノも淹れられるスグレ物だ。反面、挽き方や種類の違う豆でも同じように抽出してしまい、こまかい調節ができない。

手落としのネルドリップに慣れている悟にしてみれば、その簡便さが味気ない感じがした。

「コーヒー淹れてくれてるのか」

暮林は顔を洗ってすっきりしたらしく、顔色がよくなっている。ジャケットを脱いでおり、ネクタイをゆるめながら居間を横切ってソファに腰を下ろした。

「はい、すぐできますから」

悟はまずは暮林に一息ついてほしくて、先にサーバーに一杯分だけたまったコーヒーをカップにつぎ、ソーサーにのせて運んだ。

「どうぞ」

「ありがとう」

暮林は早速《さっそく》、受けとったカップを口へと運ぶものの、悟の分がないのを見てとり、目線を上げて尋ねてきた。

「お前のは？」

「今、淹れてます」

キッチンを指差す悟に、暮林は困ったふうに息をつき、

「だったら俺もそれからでよかったのに」

片手で悟を呼び寄せる仕草をし、彼にソーサーごとカップを差し出した。

「じゃあ、一緒に飲もう」

「え……っ」

ためらう悟にかまわず、暮林は彼の手を引いて、自分の隣に坐《すわ》らせてしまう。彼の肩に腕を回し、その口元にカップをつきつけてきた。

いきなり抱き寄せられて鼓動が高鳴る。暮林のぬくもりが背中から伝わってきて、変に赤くなってしまいそうだ。促《うなが》すように唇に寄せられたカップが、なんだか気恥ずかしい。

「あ、ありがとうございます」

さすがに暮林に飲ませてもらうほど大胆にはなれなくて、悟はカップを両手で持ち一口二口、熱いコーヒーを飲んだ。

うれしいな、と思う。

キスしたり抱き合ったりもいいけれど、暮林の帰りを待ったり一杯のコーヒーを分け合ったりする、そういうささやかな出来事が悟を幸福な気分にさせる。暮林の近くにいていいと、許されている気がする。

甘いようなコーヒーの香りのなか、悟が笑みを浮かべていると、暮林がその手からカップをとり上げてテーブルにおいた。

「こっちも味わわせてくれ」

暮林はいたずらっぽく囁《ささや》いて、悟の頬に唇をあてる。そのなめらかな肌を感じたいように、唇を滑らせて短いキスを繰り返した。頬から唇の横、とがった顎先へと、いとおしむように口づけていく。

「あ…っ」

そして互いの唇がふれあった瞬間、痺《しび》れるような甘美感に悟は眼をつぶった。

胸をつかれ、思わずうつむきそうになるのを、暮林が追いすがるように唇を押しつけてきてすくい上げる。悟の頭を包み込んでいた掌《てのひら》がその首へと下りていき、軽く唇に吸いつくと同時に指先がうなじをくすぐる。

「や……っ」

背筋に震えが走り、悟は反射的に身をすくめ、眼を開けて顔をそむけようとしたものの、間近な暮林の視線に捕えられ、逆に誘われるように口を開いてしまった。

「う、ん…っ」

暮林の舌は、かすかにコーヒーの味がした。

それとも部屋中にただようコーヒーの匂いのせいかもしれない、彼の首筋から煙草にまじって涼しげなトワレも香る。熱い舌が悟の口腔内《こうこう》をゆっくりと這《は》い、舌の付け根から奥歯まで余すところなく舐《な》めてきて、とけそうな官能に吐息が上ずり、眼がくらんでいっそう彼に身をあずけてしまう。

悟がうっとりと瞼《まぶた》を伏せ、やり場のない視線を泳がせたとき、ふと暮林の時計が眼に入った。

「――…っ」

驚いて洩らした声は、暮林の舌にからめとられて消えてしまったが、このまま流されるわけにはいかない。

「今、何時ですかっ?」

悟は余韻《よいん》も何もなくキスを中断し、暮林の手首を摑《つか》んでその時計を覗き込んだ。

暮林は不粋な悟の問いに眉をひそめつつも、肘《ひじ》を折って手首の時計を見やり、興を削《そ》がれた様子で時刻を告げる。

「十一時五分だな」

悟は暮林の腕から抜け出して立ち上がり、自分にも言い聞かせるように宣言した。

「電車の時間があるんで帰ります」

その途端、暮林がさっきよりもよほど、不機嫌に眉をしかめた。

「泊まっていけよ」

悟だってそうしたいのは山々だけど、キリがない。

悟は暮林が好きで、できるならずっと一緒にいたい。泊まっていいと言われたら、毎日でも暮林とふれあいたくて、なし崩しに住みついてしまうこわさがあった。

終電で帰ると、自分で自分を縛《いまし》めることでかろうじて律している。

「いえ、親も心配しますから」

だから見え透いた言い訳で、暮林の誘いを固辞した。

「じゃあ車で送る」

暮林はさらに言いつのったが、同じことだ。

「終電逃したら何時でも同じだって、ずるずる朝までいついちゃいますよ」

「いいじゃないか、それでも」

「駄目です」

悟があくまできっぱり言い切ると、暮林もあきらめたらしく、ため息をついて立ち上がった。

「駅まで送ろう」

「いいですよ、もう遅いし。それに――」

悟は暮林をうかがい、眼を伏せて早口で言う。

「余計に名残惜《なごりお》しくなりますから」

また、別れぎわにキスされるのが困るというのも理由の一つだった。

暮林は人目をまったく気にしないほど無分別ではないけれど、悟との関係が知られるのをさほどおそれていないようで、ときにあわてさせられた。

「かわいいこと言うな、悟」

暮林が眼を細め、唇の端を上げて笑う。整った顔立ちが華やかな表情に彩《いろど》られ、その瞳には悟が映し出されていて、悟はいつだって見とれてしまうのだ。

頬が熱くなるのを感じ、悟はとっさに眼をそらして掌でキッチンを示した。

「コーヒー、あと二、三杯あるからよかったら飲んで下さい」

暮林は玄関まで見送りに出てきて、靴を履き終えた悟に案《あん》の定《じょう》、軽いキスをした。背をかがめて互いの唇をふれさせ、小さな音をたてて離す。

「じゃあ、あの――お邪魔しました」

悟が照れくさいようにうつむき、ドアノブに手をかけたところで、暮林がその頭に掌をのせた。やわらかい髪に指を絡め、かわいがるみたいに撫でる。

「気をつけてな」

「はい……ど、どうも」

悟は眼を合わせられずにドアを開け、そのまま廊下に駆け出した。ドアのむこうで暮林が笑っている気配がし、悔しいんだかうれしいんだか、くすぐったいような気分で家路についた。


暮林への誕生日プレゼントは、依然として決まらなかった。何か役立ついい物をと思っても、なかなかに難しい。

講義のない水曜日は朝からバイトに来るのが通例で、悟は昼休みの社員食堂にまで雑誌を持ち込み、一人、テーブルのすみっこで中華定食を食べながらページをめくっていた。

おしゃれ系男性誌には編集部ご推薦《すいせん》の品々が麗々しく並んでいるけれど、服にしろ小物にしろ鞄《かばん》にしろ、これという力強い逸品はない。

「何読んでんだ、やらしい記事でも載ってるのか？」

そこへ森尾がトレイ片手に声をかけてきて、悟の向かいの席に腰を下ろした。

「違いますよ、失礼な」

「なんだ、ファッション誌か」

森尾は割り箸《ばし》を割ってから、手を伸ばしてきて雑誌の表紙を確かめる。

「こないだ言ってたあれ、まだ迷ってんのか、暮林への貢ぎ物？」

その言い方はどうかと思ったが、あながち外れてもいないので、いちいち否定はしないでおいた。

また正直なところ、プレゼント選びは手づまりになってもいた。

「どうせそうですよ。こっちは本気で困ってんですけどね」

「あいつが喜びそうな物ねぇ」

先日、考えておくといった手前か、森尾はうどんを啜りながら思案げに眉を寄せ、記憶をたぐっている様子だった。

「今まで一番ウケがよかったのは、夜食のカップ麺《めん》やったときかな」

「カップ麺っ？」

暮林には激しくそぐわない単語に、悟がテーブルに乗り出して尋ねてみれば、

「暮林はお育ちがいいからな、家では食わせてもらえなかったらしいぜ。入社して一人暮らし始めてからは外食中心みたいだし」

という、まったく参考にならない答が返ってきた。

せめて悟が自慢の手料理をふるまえる腕前なら気張った夕食でおもてなしできただろうに、残念ながらコーヒー淹れる以外は普通の男子と同程度、普段はカレーや野菜炒《いた》めを作るくらいだ。

「もうちょっと何かありませんか。ただでさえ年上の男の人に物贈るなんてないんですから」

アクセサリーだのバッグだのと、定番がある女性向けのほうがよっぽど苦労がない。

悟はよほど弱りはてた表情をしていたのか、森尾はおかしそうに笑って申し出てくれた。

「よかったら選ぶの付き合おうか。少なくとも暮林と歳は一緒だし、どのへんが標準ラインかは教えられると思う」

「いいんですかっ？」

悟が顔を輝かせ、森尾へと腰を浮かせたところで、テーブルの横を暮林が通りかかった。

「楽しそうだな、なんの話だ？」

尋ねられて悟は束の間、言葉をつまらせ、ぎこちない笑みを浮かべて答える。

「別に、大したことじゃないです」

手元の雑誌をさりげなく、裏返すのも忘れない。森尾と目配せを交わし、黙っていてくれるよう訴

える。

心得たと言うようにうなずく森尾を、暮林は秀麗な眉をわずかにひそめて見やり、悟の隣の椅子《いす》を引いて腰かけた。

おかげで話題が中断され、森尾との内緒話は、社食を出てからになってしまった。

「買い物行くなら週末だよな。日曜なら一日空いてるけど、悟ちゃんは？」

「勿論《もちろん》、合わせます。ありがとうございます」

廊下の端でひそひそやっている悟と森尾を、暮林が気に入らないふうに睨んでいるのはわかったけれど、やはりプレゼントは予告なしに渡してこそだろう。来週までは大目に見てほしい。

しかし週末前にも、悟は小さな失策をしでかした。

暮林は独立前に担当している件を仕上げるか引き継ぐか、とにかく仕事の整理をしており、ますます多忙をきわめていた。残業や直帰で夜すら会えない日が続いた金曜、夕方の社内メールを配達している悟を、暮林が呼び止めた。

「今週末なんだが」

暮林は廊下での立ち話ですませるのも不本意みたいに、険しい顔で言う。

「神保町《じんぼうちょう》の基盤工事が遅れてて、土日は現場に行かなきゃならなくなった。悪いな」

特に約束があったわけではないのだが、謝られる筋合いではなく、

「そんな、俺も人と会う予定だったんでちょうどよかったです」

悟がごく正直に答えたところ、瞬時に暮林の顔がこわばった。眦が切れを増し、唇の端が引きつる。

もしかして暮林は、暗黙の了解で悟とすごすつもりだったのだろうか。いや、それよりも悟が断りもなく先約を入れてしまったことがお気に召さなかったに違いない。

「すみません、暮林さんは仕事だっていうのに」

まさか他の人と出かけてすみません、とは言えず、でもとにかく謝ったほうがいい気がしたのだ。

「そのへんは気にする必要ないだろう」

暮林は口ではそう言いつつも横顔があからさまに不機嫌で、悟の苦笑を誘った。一見、完璧のようだから、彼の人間くさい部分がいとおしく思えた。

その暮林への贈り物を選ぶために、悟は日曜の午前中から森尾とデパートに赴いた。開店とほぼ同時に足を踏み入れ、女性向け以外のフロアを順にめぐっていく。

「水晶のペーパーウェイトってどうでしょうか」

悟がちょっといいと思った品を提案しても、森尾は現実的に却下してしまう。

「暮林のデスクの上いつも見てんだろ。書類山積みで邪魔なくらいだ」

ごもっともです。

「あっ、銀製のマネークリップってよくないですか、形もきれいだし」

「そりゃきれいだけどさ、実際にそれ使ってる奴ってどれくらいいんだ?」

「この花瓶、透明がかったミルク色でいいと思うんですけど」

「普通の男は花が飾ってあっても視界に入れない。悟ちゃんがどう思ってるかは知らないが、暮林は普通の男だ」

地下の食料品売り場まで回り、壁一面のワインセラーを見て、

「すごくいいワインを一本とか」

特別な日っぽいとうかれたものの、森尾のほうが暮林の生《お》い立ちをご存じだった。

「子供のころから『ワインの善《よ》し悪《あ》しくらい舌でわかるようになれ』って夕食で飲まされてた奴にか？」

最初のデパートをくまなく見てしまい、遅い昼食をとりに出た際、悟は旅行代理店の店頭広告に視線を引きつけられた。

「ホテルで優雅な休日をプレゼントっていうのはどうでしょうっ」

「休みないから、あいつ」

森尾の冷静さがありがたいんだか憎いんだか、悟は痛いところを突かれ、うっと息をつまらせるしかない。

「いいから、とりあえずメシ食おうや」

森尾に促され、こぎれいな和食屋で休みをとった。定食を食べ、食後のお茶を飲んで一息ついて、そろそろ出るかと手首の時計を見たときだった。

携帯電話が鳴り、液晶画面に暮林の名前が表示されるのを見て、悟はあせる指先で通話ボタンを押す。

「はい、もしもし」

「暮林だが――今、外か？」

「はい、ちょうど人と一緒にいて」

その会話の間に、森尾が伝票を摑むのが横目に映った。

「今日、思ったより早く戻れそうなんだ。だから夜にでも――」

暮林が誘ってくれてるのは聞こえていたけれど、悟は森尾が会計をしてしまうのではないかと心配で、気もそぞろになる。悪いことに森尾のほうがその様子に気づき、レジからよく通る声で言う。

「悟ちゃん、ここ俺が払っとくから」

休日をつぶさせておいて、そういうわけにはいかない。

「駄目ですよ、俺にごちそうさせて下さい」

待てと森尾に手を振って合図し、悟は再び電話に戻った。

「すみません」

ところが筒抜けになった森尾とのやりとりが、よほど暮林の気に障ったに違いない。

「お前は、俺より森尾になついてるみたいだな」

暮林は冷ややかな声音で言うと、今夜のことには一切ふれずに通話を切ってしまった。

「え――」

あんまりな仕打ちに、悟は傷つく以前にあきれてしまったのだけれど、そういえば暮林は一昨日《おととい》も似たような感じでご機嫌斜めになっていた。自分の感情に素直で、とりつくろったりしない。子供っぽいというより、大変にわかりやすい。

すごく――かわいい人だ。

「森尾さん、わざわざ来てもらったお礼に俺が払います」

悟はこみあげる笑みを抑えてレジに駆け寄る。森尾をなんとか説得し、二人分の食事代を払って、気分も新たにデパートめぐりへと繰り出した。

しかし別のデパートに探求の場を移しても、きわだった品を見つけられず、時間はどんどん過ぎていく。夕方になり夜になり、デパートは最上階のレストランフロアを残して閉店になってしまい、あせりばかりがつのる。

「今日のところはあきらめてメシにしようぜ。今度は俺がおごるよ」

森尾は元気づけるように言ってくれたけど、暮林の誕生日は次の金曜だし、今日を逃したら、ゆっくり買い物できる日はない。

「でも今日選んじゃわないと――なんでもいいから何かいい物、暮林さんが驚いて喜んでくれるような物で」

半ば錯乱し、矛盾したことを口走る悟に、森尾がため息をついて諫《いさ》めるように言った。

「そんな深刻に考えることないんじゃないの。無理せず、悟ちゃんがいいと思う物渡せばいいだろ」

「でも……っ」

「俺だったら、相手が俺のこと考えて一生懸命選んでくれた物だったら、なんだってうれしいと思う」

たとえ自分の好みから外れていても、好意に感謝すると言いたいのだろう。

「それはわかってるんです。だけど――」

森尾の言い分が正論だからこそ、悟は途方に暮れてしまう。すがるように森尾を見上げ、この懸命さを伝えようとして、そのやさしげな眼に吸い込まれそうになった。

あぁ、この人には大事な彼女がいるんだな。

そう思うと同時に、自分が意地になっている理由に気づく。

こんなにも悟が必死になっているのは暮林にいいところを見せたいからで、それは彼を好きだからだ。

森尾のほうになついていると、こぼした暮林はある意味、正しい。

森尾になら悟は素のままに、楽にふるまえる。見栄をはる必要はない。でもこれが暮林相手となると、どうしても自分をよく見せたくて背伸びしてしまうのだ。

「そうなんですよね…」

悟は森尾にというより、独り言めいて自嘲《じちょう》の笑みを洩らす。

そんな自分自身に器《うつわ》の小ささを実感させられるけど、でも誰かを好きになるというのはそういうことだ。相手に恥じないよう、ふさわしい人間になろうとする。

「森尾さんの彼女ってどんな人ですか?」

悟は憑《つ》き物が落ちたみたいにすっきりして、晴れやかな面持《おもも》ちで尋ねると、森尾は戸惑ったふうにまばたきし、めずらしく歯切れの悪い口調で言った。

「彼女っていうかまぁ——年上の、美人」

「せっかくの日曜に森尾さんを借りちゃってすみませんって、言っといて下さい」

なんだか楽しい気分になって、茶化すように言った。あんなに悩んだ暮林へのプレゼントが、ごく自然に思い浮かんだ。

悟が買い求めたのは、なんのことはない、コーヒー器具だった。

以前、暮林が悟の誕生日に贈り物をしたいと言ってくれ、機会があったらねだろうと思っていたものの、互いに忘れてそのままになっていた。あのコーヒーメーカーも悪くないけれど、悟の好みからするとネルドリップが一番だ。

前々から暮林の部屋にネル一式を持ち込みたいと思っており、でも存在を主張するようでできなかったのだが、プレゼントとしてならそのへんの呵責《かしゃく》もない。

週明け、講義の空き時間に店を回って目星をつけ、二、三日迷った挙げ句に使い心地のよさそうな道具を選んだ。ネルにそれをはめるウッドストック、それにドリップポットまで含めて数千円程度で、奮発したい気分だった悟は、クラシック調のミルや自家用焙煎《ばいせん》機等、普段だったら絶対に手が出ない物まで買い揃《そろ》えた。

ところが当の暮林は、忙しさにかまけて自分の誕生日を覚えていないらしく、

「今度の金曜日って、暮林さん、空いてますか?」

悟がさりげなく尋ねただけでは目立った反応を示さなかった。

「金曜は俺、神戸《こうべ》だった気がするぞ。遅くなりそうだから、下手《へた》すると泊まって、帰るのは翌日だ」

そう言われても、ここで引いたら今日までの苦労が無駄になる。

「部屋で待っててていいですか」

めずらしく意志を押し通そうとする悟に、暮林は不思議そうだったが、悟があえてその日に固執する理由までは思い及ばなかったようだ。

「かまわないが、当日中に戻れない場合は連絡するから、朝まで待たずに一人でもちゃんと寝ろよ」

悟の性格を実に正確に読んだ答とともに、スペアのカードキーを貸してくれた。

出かける前日まで「先に寝てていい」と言い続けていた暮林だったが、金曜日のうちに最終の新幹線でマンションに帰ってきた。かなり無理をさせてしまったのかもしれない、やや顔色が悪く、所作がだるそうだ。

「お帰りなさい」

「あぁ、ただいま。起きてたのか」

それでも悟が待ちかねたように出迎えると、疲れのにじんだ顔をほころばせ、眦を細めて笑った。

「土産《みやげ》を買う暇もなかったんだ、悪かったな」

「そんなの全然いいです」

「とりあえず風呂に入らせてくれ——」

暮林は本当に疲れているようで、皮革鞄を居間に放り出し、まっすぐ浴室へと向かった。

悟はその間に、コーヒーを淹れようとする。せっかくだから自分にできる一番おいしい一杯をと思うと、どうしてもネルドリップになり、プレゼント用に包装してもらった箱の一つを開けてしまうことなった。

「妻から誕生日プレゼントに新型炊飯器を贈られた。ごはんを炊くたびに『あなたの炊飯器借りるわね』と言われるが、釈然としない」

とかいう亭主の愚痴《ぐち》を思い起こさせるが、暮林は気にしないだろう……多分。

お湯だけ先に沸かしておき、暮林が浴室から洗面室に移る物音を聞きつけてネルにお湯をそそいだため、彼が居間に戻ってきたときに、ちょうど淹れたてのコーヒーを出すことができた。

「あーやっと人心地ついた」

風呂上がりの暮林はまだ少し髪が湿っており、額《ひたい》から目元にかけて前髪が落ちかかって、いつもとは雰囲気が違う。ワイシャツにジーンズというめったに拝めない私服のせいかもしれない、洗練されたスーツ姿とは別種の色気をかもして、ソファに腰を下ろす仕草までしなやかに映った。

「暮林さん、あの」

悟はコーヒーカップをトレイごとテーブルにのせ、暮林の隣に坐って、神妙に彼へと向き直る。その改まった態度に、彼が不思議そうにまばたきするのもかまわず、祝いの言葉を口にする。

「誕生日おめでとうございます」

暮林は本当に今し方まで忘れていたらしく、面食らったふうに眼を丸くした。

「もう二九か、俺」

「誕生日、昨日になっちゃいましたけど」

悟はテーブルの下においておいたコーヒー器具を一つずつ並べ、次に淹れたばかりのコーヒーのカップを暮林へと差し出した。

「つまらない物ですけどプレゼントです。一つは、このコーヒー淹れるために開けちゃいました、すみま――」

悟は半ばで暮林に抱き寄せられ、最後まで言い終えることができなかった。

「あの…く、暮林さん？」

何事かと、身を起こそうとする悟をいっそう強く抱きしめ、暮林はその首筋に顔をうずめている。背中に回された腕が悟を囲い込み、大きな掌がゆっくりと背骨をたどっていく。腕のなかにいる彼の、ぬくもりを確かめたいみたい。

暮林は声もなく喜びを嚙《か》みしめているようで、そのきわまったふうな感情が悟にまで伝わってきて、なぜかこっちまで頬を赤らめてしまった。

「俺はほんとに――」

やがて口を開いた暮林が、悟の耳元で、一語ずつ大切な言葉のように言う。

「お前が好きなんだと思う」

そんなに喜んでもらえるとは予想もしてなくて、悟は戸惑いとともに尋ねる。

「目端が利くからですか」

暮林が感激してくれてるのは『誕生祝い』で、その周到な準備をほめられたのだと思ったのだ。

すると暮林は、苦笑を洩らして顔を上げ、その切れのある澄んだ眼で悟を見つめて言った。

「祝ってくれるのが他の誰でもない悟だから、うれしいと感じてるんだ」

「……っ」

相変わらず恥ずかしい台詞《せりふ》を余裕の表情で口にする男で、悟は返事のしようがない。

「今までで一番、うれしい誕生日かもしれない――」

伏し目に悟を覗き込み、暮林は頬をすり寄せてきて、風呂上がりの清潔な匂いが鼻をくすぐる。悟のほうもうれしいようなくすぐったいような、落ち着かない気分になって、わざと明るい声を出して立ち上がった。

「そうだ、ケーキもあるんです」

「後でいいだろう」

水を差された暮林の、渋ったような声を聞き流し、悟は冷蔵庫からケーキをとり出し、二枚の皿とともに箱ごと居間のテーブルに運んだ。

「どれがいいですか？　左から順番に、三種のチーズのフロマージュ、林檎《りんご》とカルヴァドス酒のスフレ、カシスのムース、ピスタチオのタルトです」

「じゃあタルト」

暮林は最初こそ不満そうだったが、悟がケーキ皿にタルトをのせて差し出すと、素直にフォークをとって一口食べた。

「ん――うまいな、これ。どこのだ？」

「恵比寿《えびす》のお店です、レシート見たら店名わかると思います」

暮林は煙草吸いで辛党《からとう》だから、ケーキは厳しいかと思ったけれど、意外と普通に味わっている。悟に気を遣って、無理をしているふうでもない。

「暮林さん、甘いの平気でした？」

悟がソファの隣に坐り、フロマージュを食べながら尋ねると、

「うちには習慣で『お茶の時間』ってのがあったんだよ」

暮林はコーヒーを飲んだ後、カップを傾けて答える。

「だから俺はガキのころから、茶葉だのコーヒー豆だのクリームだの、お菓子からはては食器や銀器まで、善し悪しの見分け方を自然に学ばされたんだ」

うーん、この御曹司《おんぞうし》め。

複雑な笑みを浮かべる悟に、暮林はいっこうに気づかない様子で、食べかけのタルトを示して言った。

「こっちのタルトも味見するか？」

「あ、はいっ」

実はこれらの生菓子はすべて悟が好みと興味から選んだものなので、どれも食べてみたかったのだ。

「えっと、いただきます――」

しかし悟がフォークを伸ばそうとするより早く、暮林はタルトを手で割り、さらに薄緑のクリームをすくって、悟の口元へと運んできた。楽しむような暮林の目線に促されて口を開けば、タルトのかけらが差し入れられるばかりか、その指先が舌の上を滑る。

「ん……っ」

暮林の指に噛みつくわけにはいかず、タルトは唾液《だえき》でとけるにまかせる。バターの風味が口のなかに広がり、ピスタチオの、ナッツ特有の香ばしさも匂った。

指をくわえたままの悟を、暮林はいたずらっぽい瞳で見つめ、その舌にクリームをすりつけた。ほのかに感じられたリキュールが鼻先に抜け、口内だけでなく首筋まで熱くなり、きっと眼の縁が赤く染まっているだろう。

しかも彼は、悟の唾液で濡《ぬ》れた指を返し、その上顎をからかうようにつつく。

「あ、ぁ…っ」

その一瞬、まぎれもない性感に打たれ、悟は眼をつぶって暮林にしがみつく。ゆっくりと指が引き抜かれ、おそるおそる瞼を開くと、暮林が唇を寄せてくるのが間近に見えた。

唇がふれるまでの束の間で、暮林は薄く唇を開いている。だから唇がかすかに湿っていて、その口づけは吸いつくようだ。やわらかな唇の裏側を押しつけられ、心地よさに目眩《めまい》がしそうで、それでいて血がざわめくようなのがいたたまれない。じっとしてられないような、じらされているような感覚がある。

「う…ぁ…っ」

暮林は存分に悟の唇を味わってから、その歯列を割って入り込んできた。焼けるような舌がゆるやかに歯の付け根を這い、下顎にたまった唾液を舐めとる。悟も我慢できず、自分から舌を差し出して互いの表面をすりつけ、誘うような吐息を洩らした。

暮林のキスはいつも、奥深いところにまで届く。唇も舌も、口の粘膜全部がほてり、背筋に漣《さざなみ》が走る。鳥肌が立つのに体の芯は燃え立ち、愉悦《ゆえつ》が下肢にも伝わって、ソファに坐っていなければ膝《ひざ》が砕けていたかもしれない。

クリームの名残でキスが甘く、コーヒーの香りに包まれて、酔ってしまいそうだ。

「今日こそは――」

暮林はもったいつけるように唇を離しながら悟を引き寄せ、背後から抱え込むように、自分の膝にのせてしまっている。そのシャツの裾《すそ》から手を入れ、脇腹から胸元へと撫で上げていく。

「泊まっていくんだろうな、悟」

「は、はい――」

暮林の問いに答える悟の声は、すでに上ずっていた。なめらかな胸を這う暮林の手は冷たいようでいて、じわりとぬくもりが伝わってくるのが、肌が発熱しているみたいだ。指先が突起へと伸ばされるのが感じられ、実際にふれられる前から、無意識の期待に体が疼《うず》いていた。

暮林はとがらせた指先で、突起のまわりをなぞっていく。すぐにふれてしまうのは惜しいように、その薄く色づいた部分を何度もたどった。はだけたシャツの襟元《えりもと》から、突起が緊張めいて浮き上がるのが見え、悟には物欲しげに映った。

「は…ぁん……っああっ」

暮林の指が突起をかすめ、悟は甘い吐息を洩らし、次の瞬間、つまみ上げられてあらわな声を放った。暮林が突起を二本の指で挟みとり、やわらかくこすり立てる。感じやすいそれを指の間で転がされ、あざやかな快感が股間へと落ち、悟は彼の膝の上で腰を震わせる。

「あ…っ暮林さ――あぁ…っ」

「もう固くなってるな」

「な、何……っや…っ」

暮林がほのめかしているのは突起のことなのか、それとも他方の手で開いているジーンズの、なかで息づいているもののことか。

突起を胸板に押しつけるように揉《も》みしだかれると、なぜか脚の付け根で痛いような甘美感がめばえ、大きく脈打って、じかにさわられてもいないうちから下着を押し上げる。

「待――あ…っ、あの…っべ、ベッド行きましょう」

「面倒だな。たまにはいいだろ、こんなのも」

悟の頼みをあっさり退け、暮林は逃げるように前のめりになっていた彼をいっそう深く胸元に抱え込んだ。

「それに、ちょっと手を離した隙《すき》にまた逃げられそうだ」

「また…って――あぁ…っ」

暮林は弱みを押さえるように悟の股間を捕えたばかりか、とっさに脚を閉じようとする彼の踵《かかと》を内側から爪先《つまさき》で引っかけ、有無を言わさず膝を広げさせた。

そのシャツのなかには変わらず手が差し入れられており、下着ごと性器を包み込むと同時に、胸の突起をつつき上げてくる。まるで性感がつながっているのを教えたいみたいに、暮林は悟のうなじに唇を寄せ、後ろから肩ごしに覗き込む。

「あ…ああ…っや――…やめ、て…っ」

いっぺんに味わわされる官能に惑い、悟は暮林の膝で身をくねらせる。けれどその四肢に力はなく、暮林を煽《あお》っているふうでしかない。

せつなげにとがった胸先を刺激されれば、開いたジーンズのなかで下着をずらされただけで、薄く濡れそぼった先端がせり出す。もっと大きな悦楽がほしいように、暮林の掌へとすり寄っていく。

「なんだ、ひどくしてほしいのか?」

「いや…ぁ…っあぁ…っそん…な、違――っ」

からかうような暮林の囁きをいくら否定したところで、悟は早くもこぼれそうにぬめりをにじませ、もどかしげに腰を揺らめかせていた。

「そうせかすなよ」

「い…っあ――…っ」

露出した先端の、最も敏感な中心に指を突き立てられ、耐えがたいほどの喜悦に見舞われ、背筋をそらせて喘《あえ》ぐ。縁から雫《しずく》がこぼれ落ち、我ながら見ていられなくて掌で股間を覆っても、とめどなくあふれるそれが筋になって内腿《うちもも》をしたたっていくのを止められない。

「あぁ…っソファが汚れたら……っ」

「大丈夫だって。いざとなればクリーニングに出せばいい」

暮林はいっこうに聞く耳持たず、むしろ悟の乱れようがうれしいみたいに、くびれの下に指を絡めて締めつける。悟は背骨を突き上げるような快感に涙ぐみ、ソファのクリーニングっていくらするんだろうと、疑問に思う余裕はすぐにかき消えた。

「それに俺も、そう動きたい気分でもないんだ」

暮林は悟の脱げかけたジーンズを下ろし、背後から腰をすりつけてきた。ジーンズの布地ごしでもわかる、暮林はその狭間《はざま》を押し上げんばかりに昂《たか》ぶっていた。

「あ…っく、暮林さ――」

「お前にそんなとこ見せられちゃな」

「そ、そんな…って、いや…ぁあ…っ」

暮林は悟の痩《や》せた体をたやすく片手で持ち上げ、下着とジーンズを爪先から抜きとってしまった。むきだしの狭間を開き、ぬめりをすくいとった指でその奥のくぼみを撫でる。

「あ、あぁ…ん…っ」

くぼみはすでにやわらかくほころび、暮林の長い指をたやすくのみこんだ。

「ああ…っい……っ」

「すごいな、待ってたみたいだ」

暮林は感心したふうに呟《つぶや》きながら、悟を今度は向き合う形で抱きかかえた。今更ベッドへ移るとは言わないまでも、ソファに横たえられて体をつなぐのだと思っていたのに、再び膝にのせられている。

「え……っ」

戸惑う悟に、暮林はその足首を摑んで脚を開かせ、膝立ちで跨《また》ぐ格好をとらせる。

「こうだろ」

さらに暮林は、その先を導くように、悟の腕を自分の首に回させた。

「ど、どうしたら――」

悟が抜け落ちそうな腰をかろうじて支え、潤《うる》んだ眼で尋ねると、暮林は自身のジーンズを開き、彼をより引き寄せてその狭間に先端をつきつけてきた。熱く猛《たけ》ったものが、今にも彼を引き裂きたそうに脈動している。

「これをお前のなかに入れさせてくれ」

「あぁ……っ」

こんな真似《まね》をさせられるのは初めてだったが、暮林にそうまで言われて断れるわけがない。

悟はおそるおそる腰を落とし、暮林を受け入れようとする。鋭いほどの昂ぶりが狭間を割り、くぼみの縁を押し広げていく。引きつるような性感がやりきれず、一息にのみこもうとしたものの、先端を含まされただけでいっぱいな気がして、半ばで動けなくなった。

「なんだ、もう駄目か?」

「あぁ…っま、待って、まだ待……っあ――…っ」

悟の懇願も聞かず、暮林は腰を使い始め、下から彼を揺さぶる。ほんの一撫でで彼を高見に放り投げる、痛々しいほど過敏な粘膜を狙《ねら》ったようにすり上げられて、彼は持ちこたえられずに自ら腰を落とし、暮林にしがみついて身震いした。

今にも達しそうになり、暮林を深く取り込んで息をのんだとき、突然、彼が悟の腰を掴んで身を引いてしまう。

「やぁ…っな、なんで……っ」

すんでのところで望んだものを奪われ、悟は空虚な身の内で襞《ひだ》をヒクつかせて、引き延ばされた歓喜に泣きそうになっている。せがむように、暮林のシャツを握りしめて腰を揺らす。

「暮林、さん…っあ…っお願い――」

暮林は陶酔で濡れたような眼で悟を見つめ、いやらしく唇をつらせて笑った。

「悟がしたいように動いてみろよ」

「そん…な、ひど……っ」

できないと、悟は首を振ったけれど、こみあげる焦燥には勝てず、ついに自分から腰をうごめかせた。恥ずかしくて身のおきどころなく、暮林の首にすがりついて顔をうずめる。

「は…あ…っあぁ――…っ」

腰を振り立ててしまうのは暮林に突き上げられているからか、それとも自分からなのか、もうわからない。襞からとけそうな愉悦をただよい、彼がなかで大きく脈動するのを感じとる。

「俺はお前がかわいくてしょうがない――」

「あぁ…っ暮林、さん……っ」

睦言《むつごと》のように耳元で囁かれ、悟はぞくぞくと背筋を震わせ、暮林をきつく締めつけた。奥へと引き込み、開ききった先端をあの弱い部分にあてがって、昇りつめながら彼を濡れた粘膜で強く包み込んだ。はじけるような熱が悟の内部を叩《たた》き、追い討ちのような快楽に震えた。

シャワーを浴び、ソファまわりを掃除してから、悟は改めてプレゼントを披露した。暮林の目の前で、箱を次々開けていくのは気持ちよかった。

「ネルドリップ用品の他に、まず手挽きのコーヒーミル、粉のこまかさを三段階に設定できるんです。アンティーク調でいいでしょう、ドイツ製ですよ。それから自家用の焙煎機、生豆も買ってきてるんで後でローストしてみます。すごくいい匂いしますよ、きっと」

悟が嬉々《きき》として説明しているというのに、暮林の反応はかんばしくない。それどころか新たな箱を開けるごとに、眉間《みけん》が狭まっていく。

プレゼントにかこつけて、自分がほしい物を買っただけだと思われているとしたら、せつない。

「これはサイフォンですね。そんなに使わないかもしれないけど、形がきれいだったんで、つい。それに真鍮《しんちゅう》製のパーコレータ、直火《じかび》でコーヒー沸かせますよ」

暮林の目線は険しく、悟は不安を覚えたけれど、とにかく全部見てもらいたくて、また別の箱から出した物をテーブルに並べた。

「おい――」

「あとこれ、水出しコーヒー器具です。夏場にアイスコーヒー飲みたくなったらいいかと思って。水で淹れるコーヒーはカフェインやタンニンが少ないから、胃にも負担が――」

「おい、悟っ」

口を挟もうとする暮林に気づかないふりをしても、こう大声を出されては聞き流すわけにはいかない。

また何かしくじったのだろうかと、身構える悟に対し、暮林は問いただすような厳しい口調で言った。

「お前、いったいいくら遣ったんだ？」

まさか、そういう財布事情を訊《き》かれるとは思わなかった。

「それは、まぁ……バイトしてるからお金のことは平気ですよ」

ここで金額を告げるのは不粋すぎ、悟はあいまいな笑みを浮かべて受け流した。ついでに報告も兼ねて、人の力を借りたことも言っておく。

「実は暮林さんに何贈ったらいいか全然わからなくて、森尾さんに相談に乗ってもらったんです」

「それで森尾とこそこそやってたのか」

「こそこそって」

その言いようはどうかと思ったが、暮林が悟を遮り、腹立たしげに洩らす。

「あいつは人のことをおもしろがってるのが気に入らない」

「う……っ」

悟はあやうく吹き出しそうになるのを、奥歯を噛みしめて耐えた。

気持ちはわかる、暮林じゃなくて森尾の。

隙のないふうに見せている暮林が多少なりとも取り乱す姿は、人間くさくて好感が持てるし、凡人として溜飲《りゅういん》が下がるというか。

笑いでゆるむ口元を暮林に睨まれ、悟はあわてて付け加えた。

「でも結局は、自分で選んで決めました。やっぱ自分らしいのがいいかなぁと思って」

うまく話題をそらしたと思ったのに、

「で、いくらかけたんだ？」

暮林は思いの外しつこく、再び詰問《きつもん》口調で言った。

「悟」

その責めるような視線に勝てず、悟はせめてもの小声で白状する。

「その——十万円、くらい…」

「このバカ」

暮林は眉をひそめ、渋面で悟を見すえて説教をくれた。

「もったいないだろうが、せっかく自分で稼いだ金だろう。もっと大事に遣え」

なんというか、坊ちゃん育ちらしからぬ台詞だ。

咎《とが》めるような視線に怯《おび》えたものの、怒っているわけではないらしい。

「気持ちはうれしいけど、お前はまだ学生なんだから、そんなのは手書きのご奉仕券とかでいいんだよ」

母の日の肩叩き券じゃあるまいし。

「そんなんでいいならオマケでつけますよ」

てっきり冗談だと思い、悟が笑いながら言ったところ、

「言ったな」

驚いたことに暮林は、言質《げんち》をとったと言わんばかりに念を押し、テーブルのすみからメモ用紙とペンを引き寄せた。

「じゃあ今、ここで書け」

ためらう暇を与えたくないように、すかさずメモを悟の前に差し出し、ペンをつきつけて迫る。

「い、いいですけど……何書けばいいんですか」

その勢いに押され、悟が戸惑いがちに尋ねると、暮林は迷いのない口調できっぱりと言い切った。

「俺に言われたことはどんなことでも喜んでご奉仕します」

そう改まって言われると、契約書にサインさせられるみたいでこわい。

悟は一度はペンを手にしつつも、有耶無耶《うやむや》にしてこの場をしのごうと悪あがきして、当然のように宣言した。

「そんなのわざわざ書面にしなくたって、暮林さんに言われたらなんだってやりますよ」

「なんでも?」

「そりゃ――」

楽しむような、とろけるように色濃い瞳に覗き込まれ、返答につまった。暮林の意味ありげな目線やふしだらな笑みをたたえた唇が、悟を落ち着かなくさせる。

な、何をさせられるんだろう。

悟の脳裏を未知の可能性がめぐり、でも想像力や知識がたりなくてすぐに行きづまってしまう。頬から首にかけてが熱くなり、きっと赤くなってるだろう。

奉仕という言葉がいかがわしい意味で使われる場合、く、口でするとか、変な衣裳《いしょう》で相手するとか。

「何させるつもりですか」

悟はみっともなく赤面した顔を隠すようにうつむき、それでも暮林を上目にうかがって尋ねる。訊かないほうがいいと思ったら案の定、顎先をつまんで上向かされ、口づけるように唇を寄せられて囁かれた。

「悟が想像できないようなやらしいこと、かな」

「……っ」

暮林に視線をからめとられ、顔をそむけることもできずに、悟はますます頬を紅潮させる。おかしいのは暮林のほうなのに、恥ずかしくて仕方がない。鼓動が速まって息がかすれ、喉の奥が熱くなる。

「そ…んな想像、してませんっ」

悔しくてそう言い張ったけれど、暮林は間違いなく悟の考えを見抜いている。そして口車でまんまと悟に一筆書かせるだろうし、そんなものなくても彼を好きにしてしまうのだ。

わかりきった未来に唇をとがらせると、まるでねだられたみたいに、暮林が首を傾けてキスをした。

おわり

あとがき

こんにちは、このたびは拙本をお手にとって下さりありがとうございます。予定より大幅に長くなり、ページを増やし行数を増やし、しまいには一行あたりの字数を増やすという無茶をやってなんとか一冊に収めることができました。通常のノベルズの一・五倍の文章量があります、長い……。

この話を書くにあたって、設計士の田中さん（一級建築士）にご協力いただきました。オタ方面にあまり免疫のない方にいきなりホモエロ読ませてすみません…。おおまかな仕事内容もさることながら、建築士は資格名で職業上は普通は設計士（もしくは建築家）というとか、こまかい点でもいろいろご教授いただきました。お忙しいところ、本当にありがとうございました。

また、美しいイラストを描いて下さったみなみ遥先生には雑誌掲載時に大変ご迷惑をおかけしました、申し訳ありません。「顔のいい熊」と思って書いていた攻がえっらい美人になっていて（ラッキー！）、イラストの力を痛感いたしました。受は思ったとおり仔リスちゃんでした、ありがとうございました。

そして初っ端のお仕事から迷惑をかけっぱなしの担当様及び編集部・制作係の方々、いつもありがとうございます&申し訳ありません。今後とも末永くよろしくよろしくお願いいたします。

お詫びとお礼ばかりになってしまいましたが、何より読んで下さる方。皆さんのおかげでまた単行本を出していただけました、どうもありがとうございます。機会がありましたらまた、ご無理のない範囲でお付き合いいただけるとうれしいです。心からの感謝を込めて。

鬼塚ツヤコ　拝

初出一覧

独占のエスキース　／小説b-Boy '05年6月号・7月号掲載
独占のバースデイ　／書き下ろし

イラスト/不破慎理
イラスト/門地かおり
絢爛
ピンナップ&
美麗
ストーリー
カード!!
激甘な恋も
情熱的な愛も
おまかせ♥な
豪華執筆陣！
読みきり満載♥
ラブたっぷり♥
究極恋愛マガジン!!
ボーイズラブを
もっと楽しむ！
スペシャル企画も
見逃さないで！
月刊
小説
ビーボーイ
b-boy
毎月
14日
発売
ラスト/蓮川愛
A5サイズ
Libre

リブレ出版小説新人大賞

「このお話、みんなに読んでもらいたい！」そんなあなたの夢、叶えてみませんか？

小説b-Boy、ビーボーイノベルズ、ビーボーイスラッシュノベルズにふさわしい小説を大募集します！　優秀な作品は、小説b-Boyで掲載、またはノベルズ化の可能性あり♡　また、努力賞以上の入賞者には、担当編集がついて個別指導します。あなたの情熱と新しい感性でしか書けない、楽しい小説をお待ちしてます!!

募集要項

************作品内容************

小説b-Boy、ビーボーイノベルズ、ビーボーイスラッシュノベルズにふさわしい、商業誌未発表のオリジナル作品。

************資格************

年齢性別プロアマ問いません。

************応募のきまり************

- 応募には小説b-Boy掲載の応募カード（コピー可）が必要です。必要事項を記入の上、原稿の最終ページに貼って応募してください。
- 〆切は、年２回です。年によって〆切日が違います。必ず小説b-Boyの「リブレ出版小説新人大賞のお知らせ」でご確認ください。
- その他注意事項はすべて、小説b-Boyの「リブレ出版小説新人大賞のお知らせ」をご覧ください。

************注意************

・入賞作品の出版権は、リブレ出版株式会社に帰属いたします。
・二重投稿は、堅くお断りいたします。

ビーボーイスラッシュノベルズを
お買い上げいただきありがとうございます。
この本を読んでのご意見・ご感想をお待ちしております。

〒162-0825 東京都新宿区神楽坂6-46
ローベル神楽坂ビル7階
リブレ出版（株）内 編集部

SLASH
B-BOY NOVELS

独占のエスキース

2006年7月20日　第1刷発行

■著　者　鬼塚ツヤコ

■発行者　牧 歳子
■発行所　リブレ出版株式会社

〒162-0825　東京都新宿区神楽坂6-46 ローベル神楽坂ビル6F
■営　業　電話／03-3235-7405　FAX／03-3235-0342
■編　集　電話／03-3235-0317

■印刷・製本　東京書籍印刷株式会社

Printed in Japan
ISBN 4-86263-004-9